Pierre Sauvil

Une armure de paillettes

roman

L'Harmattan

Du même auteur

Le bulldozer Camélia
Recueil de nouvelles
Éditions Séguier

*

Théâtre

La Surprise
Éditions l'Avant-Scène

Soleil pour Deux
Éditions l'Avant-Scène

Les coups tordus
Éditions Arts et Comédie

Une histoire de fous
Éditions Arts et Comédie

Le lapin aux loukoums
Éditions La Traverse

Un couple inquiétant
Éditions Arts et Comédie

1

Cela lui était déjà arrivé mais quand même ! Comment une telle chose pouvait-elle être possible ? Avec le nombre de gélules que cette andouille de docteur Durieux l'obligeait à avaler pour dynamiser son corps ramolli, avec toutes ces piqûres qui le perforaient dans l'unique but de stimuler ses neurones !

Il jeta encore un regard sur le rétroviseur puis concentra son attention sur ce qui se passait devant lui. Aucun doute : toutes les voitures semblaient vouloir foncer sur la sienne, elles klaxonnaient toutes en zigzaguant et un conducteur sur deux se tapait le front en le fusillant des yeux avec une mine d'assassin. Autant croire à l'incroyable : il roulait à contre-sens sur l'autoroute !

Franck Villemin stoppa prudemment sur la bande d'arrêt d'urgence. Il devait absolument cesser de ressasser trois cents millions de problèmes à la fois. Dans le fond, Clémentine avait raison, en voiture on doit choisir : conduire ou réfléchir. Quelqu'un qui pense au volant est un danger public. Beaucoup de gens meurent sur la route probablement parce qu'ils se demandent au mauvais moment pourquoi ils mènent une vie d'imbécile, pourquoi ils ont épousé une pareille épave ou, au moins, pour les non-torturés, ce qu'ils vont manger ce soir.

Il fit marche arrière, avec précaution, dans un vacarme d'avertisseurs haineux. « J'aurais dû lui demander de venir me chercher, grogna-t-il à voix haute. Trois mois à me traîner entre une chambre fonctionnelle et un parc aseptisé ne préparent pas vraiment à la conduite automobile ». Pourtant, c'est lui qui avait décidé de rentrer seul. Il ne supportait plus, à chaque sortie de clinique, de voir Clémentine, faussement enjouée, faussement confiante, lui dire tendrement à l'oreille : « Cette fois-ci, ça va aller, papa. » Et Jean-Hugues, avec sa voix sinistrée : « Fais gaffe, pa, picoler c'est marrant mais ça craint. »

Comme si ça pouvait être marrant d'avoir mal à la tête, au cœur, à l'estomac, de s'écrouler sur des trottoirs, de se retrouver en cellule de dégrisement dans un commissariat !

Brusquement, Franck s'aperçut qu'il n'était plus sur l'autoroute. Stoppa net. Décrypta le paysage autour de lui : une départementale ! Alors, les autoroutes, dorénavant, on y entre et on en sort comme dans une forêt vierge ! Tout le monde s'en fout, aucun panneau et, s'il y en a un, il se contente de dire : « Burger King à 2km. »

Il médita un instant sur la décadence inéluctable de ce siècle proche de l'Apocalypse et démarra avec inquiétude. Son but étant d'arriver sain et sauf à la Maison-Pommes, vu le nombre de fous furieux qui sévissent sur les routes et l'incompétence évidente des Ponts et Chaussées en matière de signalisation, mieux valait rouler prudemment. Il était souvent parti en voiture, revenu en ambulance et, chaque fois, l'aventure ne l'avait pas séduit.

La Maison-Pommes.

Cette vieille ferme normande avait été achetée avec ses premiers gros cachets et lui, qui ne savait rien garder – ni sa santé, ni sa célébrité et encore moins ses femmes – s'accrochait d'une façon forcenée à cette demeure. Personne n'avait le droit d'y changer quoi que ce soit. Personne ! Pas plus sa fille que son fils et encore moins ses successives épouses. Ah, celles-là ! Toutes avec cette même manie de vouloir arranger les choses à leur façon, de vouloir imprimer leur marque. Et lui, chaque fois obligé de se mettre en colère :

– On ne touche à rien ! C'est compliqué à comprendre ? Le buffet est cassé ? Et alors ? Il peut encore servir. Cette assiette est ébréchée ? On mange très bien dans une assiette ébréchée. Les tapis ? Chaque trou, chaque tache, est une histoire et c'est pareil pour tout. Ce rideau brûlé, c'est Clémentine, à six ans, qui y a mis le feu en jouant avec des allumettes ; les déchirures du canapé c'est une pie que nous avions apprivoisée et qui adorait en picorer le cuir. On ne va pas flanquer un bout de sa vie à la poubelle pour une stupide question de propreté. La Maison-Pommes prend des rides avec les années et c'est normal. On n'y touche pas ! Je suis contre les liftings !

Mais – c'est connu – dès qu'on se demande, en même temps, si le monde ne serait pas devenu fou, si on n'est pas sorti de clinique un peu trop tôt, pourquoi, sur la route, les panneaux portent « Burger King à 2km » au lieu de « Tournez impérativement à droite pour rentrer chez vous », les arbres qui bordent la route ont tendance à se déplacer de plus en plus vite et les virages prennent plaisir à se cacher dans des endroits inattendus. Si bien qu'une sirène stridente le fit soudain sursauter. Il freina instinctivement. Vieille habitude. Quand une sirène se déclenchait c'était toujours pour lui. Depuis ses 18 ans, pour des raisons qui lui échappaient totalement, dans le Berry, la Manche ou le Loiret, il avait le monopole du motard qui vous poursuit comme un obsédé et semble hurler à travers votre vitre : « Rangez-vous, bordel, ou ça va barder !!! » À croire qu'une conspiration nationale le poursuivait.

Lentement, le gendarme arriva à sa hauteur et demanda si 'monsieur' avait une idée de la vitesse à laquelle il roulait ? La question désarçonna le monsieur. Non, il n'en avait aucune idée. Ce cadran ridicule avec des chiffres qui n'arrêtent pas de changer lui avait toujours paru superflu. Puisque les constructeurs persistent à fabriquer des engins pouvant faire du 200, pourquoi se compliquer la vie ?

Soudain, le gendarme le dévisagea avec étonnement.

– Vous ne seriez pas Franck Villemin ?

– Si, c'est moi.

– Ça alors ! Ben ça alors !! Ah, je suis content de vous rencontrer ! J'adorais vos chansons, dans le temps.

L'expression 'dans le temps' ne plut pas énormément au conducteur mais, néanmoins ravi qu'on le reconnaisse encore, il répondit par un sourire contracté.

Le représentant de la loi en profita pour lui expliquer que cette histoire d'excès de vitesse n'était pas vraiment dramatique – à condition qu'il évite de recommencer bien sûr – que l'important était qu'un autographe ferait formidablement plaisir à sa femme, Virginie, vu qu'elle connaissait tous ses tubes, mais ce qui s'appelle tous, qu'elle les chantait souvent, pourtant on ne les entendait plus beaucoup, et que, lorsqu'il lui raconterait...

Pour abréger la description du bonheur de la femme du gendarme, le chanteur écrivit au dos du carnet de contraventions : 'Amitiés à Virginie' et repartit à la vitesse d'une patinette.

*

Pendant 25 ans, Franck Villemin avait été une grande vedette de la chanson. Des millions d'albums vendus, des salles immenses régulièrement remplies, deux enfants, trois chiens, quatre femmes.

Puis, la lumière des projecteurs se déplaçant peu à peu, ses albums avaient vu leurs ventes diminuer, les spectateurs s'étaient faits plus rares dans ses concerts et la célébrité l'avait quitté lentement. Comme une épouse qui, sans s'expliquer, vous embrasse avec de plus en plus de légèreté, vous parle avec de plus en plus d'indifférence, rentre de plus en plus tard et, un soir, ne rentre plus du tout. On rumine alors : « Pourquoi ne m'a-t-elle rien dit ? Pourquoi n'a-t-elle rien laissé voir ? On aurait pu s'expliquer ».

La célébrité ne lui avait pas dit qu'elle foutait le camp.

Ou ils ne s'étaient pas compris.

Du coup, lui, qui avait toujours été sobre, s'était mis à boire. Pour nier ce qui lui arrivait. Et le showbiz en avait eu marre de le voir arriver ivre-mort dans une séance d'enregistrement, incapable ni d'articuler son texte ni de sortir une note ; marre de l'attendre en vain dans une émission de télévision ; marre de l'entendre dire n'importe quoi, quand par hasard il venait. Tellement marre que, petit à petit, tous avaient compris qu'il valait mieux se passer de ses services.

Aujourd'hui, la cinquantaine arrivée, Franck Villemin ne faisait plus rien depuis cinq ans. À part entrer et sortir d'une clinique de désintoxication. Toujours la même. Elle était devenue sa résidence secondaire. Quand, de temps en temps, il retrouvait son appartement de Paris, il pouvait rester seul une journée entière sans bouger, sans manger, sans se laver, sans même lire, ni écrire, ni écouter de musique. Ces jours-là, niveau QI, en dessous de lui il n'y avait plus que les invertébrés.

2

Jean-Hugues Villemin habitait un studio payé par son père, portait des vêtements étranges payés par son père et la chose qu'il faisait le mieux était des dettes, évidemment payées par son père. À 26 ans, il s'était déjà frotté à une douzaine de métiers, successivement abandonnés, ce qui ne l'empêchait pas d'avoir la certitude qu'un jour il trouverait, enfin, l'emploi agréable, bien rémunéré, peu fatigant, au bout du monde de préférence, et correspondant parfaitement à ses aptitudes. Que, d'ailleurs, il définissait mal.

Néanmoins, JHV – comme l'appelait sa sœur – persévérait calmement mais régulièrement dans sa recherche du job idéal. Ainsi, deux ans auparavant, ayant vu sur Google que la Lozère était une région ayant conservé un charme authentiquement rural, il y avait loué une fermette délabrée et s'était mis, seul, à élever des poules et des chèvres tout en cultivant un jardin grand comme un F5. En ramassant ses œufs, le garçon – qui était à cette époque dans sa période maghrébine – écoutait du raï et, en plantant ses fèves tunisiennes, priait en s'agenouillant vers La Mecque. Ce qui avait inquiété les agriculteurs voisins qui, eux, travaillaient de façon différente. Comme, de surcroît, Jean-Hugues portait une veste jaune, un foulard mauve et une boucle d'oreille sur la lèvre supérieure, au village on ricanait facilement sur son passage.

Finalement, ne se sentant pas admis par les indigènes, après tout de même quatre mois d'opiniâtreté, JHV était revenu écouter du raï à Paris, dans son studio sans chèvres, et avait recommencé à fréquenter la mosquée du cinquième arrondissement.

– J'espère, lui disait régulièrement son père, que tous ces emplois ne te fatiguent pas trop. Changer dix fois de métier dans l'année doit être épuisant pour les nerfs. Remarque, travailler au même endroit tous les jours et onze mois sur douze est également fatigant. Tu verras, quand ça t'arrivera. Dans dix ou douze ans.

Jean-Hugues, chaque fois, l'écoutait en silence, visage fermé, et se sentait devenir furieux. Sans savoir si c'était contre sa star de père ou contre lui-même.

Il était donc, ce jour-là, répandu sur son lit, à midi, envisageant avec dynamisme tout ce qu'il pourrait ne pas faire dans la journée, quand le téléphone sonna.

– Pa ? C'est hyper rare que tu me bigophones. Qu'est-ce qui y'a ?

Franck supportait mal le langage 'jeune' de son fils mais, décidé à être convivial, fit un effort pour dire le plus naturellement possible : « Y'a que je me suis tiré de clinique, je bulle terrible à la Maison-Pommes et ça me brancherait méga-hyper-plus si, toi et ta sœur, veniez buller avec moi. »

Jean-Hugues sentait fort bien la moquerie mais, parallèlement, ne comprenait pas la situation. Que faisait son père à la campagne ?

– C'est quoi, c't'embrouille, pa ? Tu t'es évadé ?

– Ce que tu peux être drôle. J'ai simplement demandé au docteur Durieux de ne parler de ma sortie, ni à toi, ni à ta sœur, et encore moins aux médias. J'avais besoin de me ressourcer. Seul. Y'a trois jours que je glande ici, je me sens maintenant en grande forme et, avant de rentrer à Paris, j'ai envie de passer un moment avec vous.

Chaque fois que son père désirait le voir JHV hésitait entre deux réponses : 'oui' ou 'merde'. Mais comment oser employer la deuxième formule ? Comment oser attaquer de front l'immense paternel déchu ? Il allait donc voir un acupuncteur chinois une fois par semaine, depuis deux ans, uniquement dans le but de développer ses lignes de forces vitales afin d'être, un jour, capable de dire merde à son père.

– Ok pa, se contenta-t-il de grogner, j'me pointe.

Franck Villemin raccrocha. Tout allait bien. Son fils était prévenu, sa fille aussi. Dans un moment ils seraient là, il leur expliquerait l'affaire et ce serait réglé. Inutile de ressasser. En attendant, une seule occupation : profiter de l'endroit.

La Maison-Pommes était située en pleine campagne à un kilomètre de la ferme des Dumontier – paysans purs et durs depuis des générations – mais entre les deux habitations se dressait un petit bois. Si bien que les Villemin et les Dumontier ressentaient l'impression bizarre de vivre sur une île déserte alors qu'ils étaient au cœur de la Normandie.

Il arrivait souvent à Franck de passer des heures à bricoler chez ses voisins. Ceux-ci ayant vite compris que son don naturel pour la maladresse représentait un véritable danger pour leur ferme lui confiaient des tâches non nécessaires mais qui lui faisaient plaisir : sortir les vaches qui se débrouillaient fort bien toutes seules ; planter des clous sur une clôture qui n'avait pas besoin de clous ; donner du grain aux poules, ce qu'aurait pu faire un bambin de trois ans. Le but véritable, en fait, était les interminables conversations que le chanteur soutenait avec le père Dumontier. Les quatre madame Villemin, à tour de rôle, avaient été agacées par ce comportement qu'elles estimaient incompatible avec son statut de vedette. De quoi pouvait-il bien parler avec ce paysan ? Elles imaginaient impossible que le cher mari adulé des foules puisse se passionner pour la vache Ninette qui avait vêlé plus tôt que prévu ou pour les framboisiers qui donneraient moins cette année.

Comment expliquer à une parisienne parfumée Guerlain que l'odeur du fumier est agréable ? Qu'il est indispensable, si l'on tient à tenter de devenir un être humain abouti, de pouvoir différencier un peuplier d'un bouleau et un âne d'un mulet ? Qu'il est d'une importance extrême de savoir que le coucou ne fait jamais de nid lui-même mais se contente de voler celui des autres oiseaux.

Ceux qui ne savent pas de choses inutiles ne savent rien.

Franck se tenait maintenant dans la grande salle de séjour pleine de poutres dégoûtantes, de toiles d'araignées prospères, de tomettes fêlées, et n'arrêtait pas de se dire que, lorsqu'il se serait confié à ses enfants, son fils serait sûrement d'accord avec lui. Quant à sa fille, la question ne se posait même pas : elle le comprenait sans qu'il ait besoin de parler.

Clémentine…

La plus belle.

La plus tendre.

L'oiseau-soleil.

Pourquoi avait-il inventé un tel nom ? Ses successives épouses le lui avaient assez reproché : « Appeler ta gamine *oiseau-soleil*, qu'est-ce que ça veut dire ? »

Et pourquoi pas ? Certains inventent des expressions bien plus affligeantes. Par exemple *Mon p'tit bout d'chou.*

Comment peut-on dire à un être humain qu'il est votre morceau d'chou ? Tant qu'on y est, pourquoi pas *Mon p'tit bout d'navet ?*

Ensemble, dans cette maison, le père et la fille avaient vécu de nombreux moments privilégiés, mais une fois, une seule fois, quelque chose s'était si fort approché d'eux que Franck, ébloui, en avait été amené à penser qu'un instant aussi parfait ne se renouvellerait peut-être jamais. Clémentine, à cette époque, devait être haute comme trois cerises. En fin d'après-midi, tous les deux étaient partis chercher le lait à la ferme des Dumontier. Le décor faisait penser à un film de Walt Disney. Pire n'eut pas été possible. Toutes les couleurs du monde y étaient réunies, si violentes qu'on aurait pu croire à du technicolor des années cinquante. Le père et la fillette marchaient sur un petit sentier bordé d'arbustes ; des papillons jaunes voletaient autour d'eux ; l'air sentait bon le chèvrefeuille ; Clémentine, avec beaucoup de sérieux, tenait dans sa main droite le pot-à-lait, consciente d'avoir là une lourde responsabilité, sa main gauche enfouie dans celle de papa ; et tous deux chantaient *À la claire fontaine*, observés par des moutons qui, de toute évidence, auraient bien repris en chœur le refrain *« Il y a longtemps que je t'aime, jamais je ne t'oublierai »* mais intimidés, n'osaient pas troubler la délicieuse harmonie des chercheurs de lait. Et soudain, conscient de vivre un moment unique, Franck avait dit : « Je suis heureux » et Clémentine, quatre ans, avait répondu avec gravité : « Moi aussi. »

« Quatre ans ! Dire qu'elle a eu un âge aussi ahurissant ! J'étais déjà vedette depuis un bon moment et j'espérais que, par miracle, elle ne grandirait jamais.

Quand je pense qu'aujourd'hui... Au fait, ça lui fait combien ? »

Il se mit à chercher : 23 ans ? 26 ?

« Non, 26, sûrement pas. Encore que... »

Il monta dans sa chambre pour tenter de découvrir des papiers officiels. Mais un papa divorcé n'a droit à aucun document prouvant qu'il existe quelque part des enfants bien à lui. Évidemment, il aurait pu noter cette date de naissance sur un agenda. Ou sur un simple bout de papier. Il aurait pu aussi... Franck retourna des tiroirs, vida des boîtes, regarda des photos, scruta des visages. En vain. Il s'en voulait de sa légèreté. Ne pas savoir l'âge de sa fille !!! Mais que faire ? Lui poser la question ? Cela ne faisait pas 'père attentif'. Demander à Jean-Hugues ? Pour qu'il le répète à sa sœur, merci !

3

Clémentine stoppa devant la Maison-Pommes, sortit de sa voiture comme un missile à tête chercheuse, fonça droit sur son père et s'installa sans un mot dans ses bras. Après un bon moment, mettant fin difficilement à la pause tendresse, elle se décida à le contempler : il semblait être en bonne forme, très gentleman-farmer avec son mètre quatre-vingt-cinq et la veste en velours côtelé qu'elle lui avait offerte, l'automne dernier.

– Alors mon petit papa, on fait des cachotteries ? On sort de clinique sans prévenir, maintenant ?

– C'est juste pour me prouver que je suis un adulte et que je peux me débrouiller tout seul.

– Raison valable. Ça s'est passé comment ?

– Comme d'habitude : j'ai essayé de faire cuire un lapin et il était calciné ; je me suis ouvert une boîte de haricots verts et le pouce aussi.

Clémentine se contenta de sourire en pensant que tout cela, en fait, devait être à peu près vrai et qu'il lui serait impossible d'avoir un premier enfant : elle avait déjà son père.

Une heure après, ils en étaient à évoquer gravement le délicat problème du dîner – pintade ou poulet ? – quand Jean-Hugues, sur sa moto, arriva dans un vacarme de tsunami. Des volées d'oiseaux épouvantés sortirent des taillis et l'âne du pré voisin se mit à braire.

Franck avait toujours mal supporté ces pétarades infantiles qu'il jugeait déplacées dans une société dont le but avoué est la recherche forcenée d'une plus grande qualité de vie. Il y avait là, à son avis, une véritable incompatibilité : comment pouvait-on, en même temps, vouloir un monde meilleur et fabriquer des motos ? Malgré tout, il sourit et embrassa son fils en plaisantant :

– Salut grand chef. Je vois que tu essayes toujours de rivaliser avec les grondements du ciel. Méfie-toi, le type du dessus pourrait en prendre ombrage.

Le ton étant ironique, Jean-Hugues fut aussitôt agressif :

– Parce que, maintenant, tu crois en Dieu, pa ?

– Tu sais bien que, lorsqu'on est vedette, on élimine les concurrents.

– La différence est qu'on reste pas toujours vedette.

– Tu la fermes ! fit Clémentine.

– Et voilà, râla JHV, c'est ma faute. Le contraire m'aurait étonné.

*

Le soir s'étant posé sur la Maison-Pommes Franck estima que c'était le bon moment pour parler. Il allait leur expliquer. On ne prend pas des décisions pareilles sans, au moins, informer ses enfants.

En parler un peu plus tard ? Dans le fond, il n'y avait pas d'urgence. La pintade grillait dans la cheminée, des pommes de terre bardées d'aluminium agonisaient sous la cendre, les deux hommes, affalés chacun dans un fauteuil aux ressorts cassés, feuilletaient des journaux sans intérêt qui parlaient de la vie de gens éloignés, pendant que Clémentine courait d'une pièce à l'autre pour préparer le repas. De temps en temps la jeune femme croisait le regard de son père et, tout en lui faisant de grands sourires chaleureux, ruminait : « Pourvu qu'il s'en sorte, cette fois ».

Ces dernières années, en effet, le processus était à peu près toujours le même, on aurait dit une sorte de cycle obligé : il quittait la clinique, décidait de ne plus boire, de ne plus faire l'artiste, mais uniquement de gérer sa fortune, voyager, se cultiver, profiter de la vie, quoi.

Chaque fois il ne faisait rien de tout cela, s'ennuyait à mourir et recommençait vite à boire. Même sa tentative d'exil définitif s'était soldée par un échec. Après une petite dépression, deux ans auparavant, il avait décidé d'émigrer en Guadeloupe dans le but de découvrir une vie moins frelatée. Ce pays lui paraissait idéal pour se ressourcer sans trop de bouleversements : ça ressemble à l'étranger, c'est la France.

La mer immobile, avec ses vaguelettes de piscine, lui avait flanqué le cafard, le soleil s'était ingénié à lui donner des boutons, ses yeux avaient mal supporté l'excessive couleur des flamboyants, et le boudin blanc s'était amusé à le jeter régulièrement sur son hamac en proie à des douleurs stomacales. De plus, afin de supporter l'abominable oisiveté à laquelle il s'était condamné, il avait dû chaque matin prendre des calmants. Si bien que le seul changement notable apporté par la Guadeloupe avait été qu'au lieu de boire de la vodka comme d'habitude, il s'était mis au rhum.

Au bout de trois mois, Europe-Assistance l'avait ramené d'urgence dans sa clinique préférée.

Franck Villemin, sentant le regard de sa fille se poser régulièrement sur sa nuque, se décida à abandonner son journal. Il n'allait pas traînailler toute la soirée.

– Bon ! J'aimerais vous parler.

Clémentine, immédiatement inquiète, cessa net ses préparatifs. Son frère restant plongé dans sa lecture, elle lui lança sèchement :

– Jean-Hugues, s'il te plaît ! Papa veut nous parler.

– Y'a un début à tout.

Du coup, papa n'eut plus envie d'ouvrir la bouche : comment pouvait-on avoir une fille aussi merveilleuse et un fils aussi abruti ?

La merveilleuse évita d'ajouter le moindre mot. Ce n'était pas le moment de se lancer dans des discussions secondaires. Elle savait depuis des heures que leur père désirait dire quelque chose d'important, mais il ne fallait surtout pas le forcer. Il était parfois capable de se buter avec un entêtement qui dépassait toute intelligence. Histoire de faire diversion, elle se contenta, le plus naturellement possible, de parler de son travail, à elle.

Clémentine s'était toujours sentie attirée par le journalisme. Ses études de Lettres terminées, grâce aux relations de son père elle avait vite été engagée par le magazine *Vie d'Aujourd'hui* et, somme toute, n'écrivait pas plus d'âneries que ceux qui y étaient entrés sans piston. Pour l'instant, on la cantonnait dans les petites affaires mais son but était le grand reportage. Elle pensait y parvenir dans les deux ou trois prochaines années. Papa, lui, estimait qu'un grand reporter mène une vie dangereuse et, en conséquence, ne tenait pas du tout – mais alors pas du tout – à imaginer sa fille au milieu de massacres, tremblements de terre, épidémies et encore moins en train de courir, stylo à la main, derrière un psychopathe, afin de lui demander pourquoi il découpait toujours ses victimes en douze et jamais en treize ? Pour la centième fois, il expliqua donc, agacé, que ce job n'était pas pour elle ; ajoutant qu'il ne voyait aucune raison valable pour qu'elle aille au bout du monde se faire violer par des sauvages.

– Je ne te savais pas raciste, papa. Pour te faire plaisir, j'essaierai de me faire violer par des civilisés, à Neuilly ou aux Iles Caïmans.

Franck préféra ne pas répondre. D'autant plus que cette histoire de viol lui ouvrait une autre porte : en fait, il ignorait tout de la vie sentimentale de sa fille. Elle ne lui avait jamais présenté un petit copain. Les hommes qui l'approchaient et qu'il croisait de temps à autre, n'étaient pour elle, de toute évidence, que des collègues, de vagues relations, des camarades. Il n'y avait pas l'ombre d'un doute là-dessus. Autrement, il l'aurait senti. Un père devine ce genre de chose.

Il se leva et s'approcha des flammes sans les voir.

Et si sa fille était vierge ?

À son âge ?

Au fait, quel âge ?

Ne mélangeons pas les problèmes. Vierge à vingt et quelques années ! Une chose aussi épouvantable était-elle possible ? Et s'il lui en parlait ?

Délicat.

Un papa peut-il se dresser devant sa fille pleine de pâte à tarte et lui demander à brûle-pourpoint : « Au fait, ma chérie, es-tu vierge ? »

– Pourquoi tu glandes devant la cheminée depuis un millénaire ? demanda soudain son fils.

– Euh… Je pensais à toi.

– À moi ?

– Oui, ton père dit qu'il pense à toi.

– C'est nouveau.

Ignorant délibérément la remarque, Franck enchaîna :

– Je me disais : « En ce moment, que peut-il bien faire comme job ? »

Jean-Hugues eut envie de répondre : « Qu'est-ce que ça peut te foutre ? » mais s'abstint et se contenta de contempler fixement les flammes en silence.

– Papa t'a posé une question, fit la voix de la cuisine.

Il le savait que son putain de paternel posait une question ! Pas la peine d'insister. C'est la réponse qui l'embêtait. D'autant plus que, pour lui, aligner une dizaine de mots relevait de l'exploit olympique.

– Eh bien, fit-il péniblement, en fait... euh...

– Oui ? dit sa sœur.

– Ben... J'écris un book.

Clémentine, stupéfaite, laissa tomber l'assiette de saucisson qu'elle avait en main, le père jeta son journal dans le feu pour se donner une contenance ; chacun pensa « V'là aut'chose » mais personne n'ouvrit la bouche. JHV confirma :

– Ben ouais.

Franck Villemin se demandait quel avis donner ? Que peut-on dire à un énergumène qui vous raconte vouloir être pompier alors qu'il panique rien qu'en voyant brûler une allumette ? Comment encourager un individu aussi rapide qu'un dindon qui prétend devenir champion du monde du 100 mètres ? Et l'autre, avec un QI proche du zéro absolu, qui veut écrire un book ! Parce qu'on est père, faut-il obligatoirement donner de l'importance à ce que raconte votre fils, même quand il dit des conneries ?

Clémentine profita du silence pour ramasser les tranches de saucisson, les essuyer une à une et les remettre dans une autre assiette, puis proposa :

– Et, maintenant, si papa disait ce qu'il veut nous dire ?

Jean-Hugues, ravi de ne plus être sur la sellette, insista lourdement : voulait vraiment savoir ; pouvait pas attendre un instant de plus ; l'était super impatient.

Franck sentit alors s'engouffrer dans sa tête un ouragan qui, de façon inattendue, balayait ses certitudes. Leur dire quoi ? Et surtout leur dire comment ? Il sortit à toute allure en s'excusant et en demandant qu'on le laisse seul un instant.

Dans la cour, tourna en rond à grands pas. Puis s'obligea à s'asseoir sur la margelle du puits pour sentir la fraîcheur qui montait de l'eau. Respirer profondément. Lentement. Ne pas reconsidérer sa décision surtout. Dans le doute, il ne faut jamais s'abstenir mais, au contraire, foncer. Ce principe lui avait toujours réussi. Autant avec les femmes qu'avec les affaires.

Il rentra en expliquant qu'il ressentait parfois de petits malaises. Le docteur Durieux l'avait prévenu : cela pourrait arriver dans les premières semaines. Mais c'était passé. Il allait bien. Très bien. Comme ses enfants le contemplaient, néanmoins, avec inquiétude, il enchaîna vite :

– Bon ! Ce que je voulais dire, c'est ceci : j'ai décidé de reprendre le métier.

– Comment ça ? firent en même temps Clémentine et JHV.

– Je vais chanter à nouveau. Refaire du disque. Etc.

– À ton âge ? ricana son fils.

Papa, vexé, fit remarquer qu'il y en avait de plus vieux que lui qui chantaient toujours et qu'une femme de 35 ans aujourd'hui, qui l'admirait à l'époque de ses 15 ans, pourrait fort bien aimer ses nouvelles chansons.

Sa fille se reprit rapidement et jugea l'idée excellente, d'autant plus que travailler pouvait l'aider à ne plus boire.

Franck répliqua, d'un ton cassant, que son intention n'était pas de faire de la chanson thérapeutique mais de reprendre sa place. La N°1. Évidemment.

Elle se précipita contre lui.

– L'un n'empêche pas l'autre, mon papa. Tu vas guérir *et* réussir.

– J'ai un avantage, fit JHV, j'ai juste besoin de réussir.

*

La nuit était tombée. Les êtres humains ayant enfin consenti à faire silence, on n'entendait plus, de temps en temps, que l'éclatement sec d'une bûche dans la cheminée ou la voix d'un hibou racontant des choses mystérieuses à un entourage invisible.

Chaque fois qu'elle dormait dans cette ancienne ferme, Clémentine avait l'impression de se retrouver à l'époque délicieuse où ses parents n'étaient pas encore séparés. En ce temps-là, le paradis c'était la Maison-Pommes. Maman préparait une tarte aux framboises dans la cuisine et elle, ange barbouillé de chocolat, était assise à côté de son père, au bord de la mare aux nénuphars, et la gamine lui serrait si fort la main que papa disait : « Me serre pas comme ça, je ne vais pas m'envoler. » On ne sait jamais, il partait si souvent dans des avions pourris, des trains pourris, des bagnoles pourries. Pourtant elle lâchait la main et se collait à lui, dans une odeur de framboises cuites, tout en surveillant du coin de l'œil les grenouilles qui, rassurées par le silence, se décidaient à sortir de l'eau leurs petites têtes vertes. Et soudain une voix descendait du ciel pour murmurer dans son cou : « Tu es la plus belle petite fille du monde, tu es mon oiseau-soleil. »

Alors là, aucun doute, la Maison-Pommes n'était pas sur terre.

Elle jouait au grenier, cachée dans la hotte à linge sale, et sa mère, en bas, demandait : « Mais où est passée Clem ? » Papa répondait : « T'inquiète, il ne peut rien lui arriver de moche. » ; « Toi alors ! » grognait maman.

La gamine était fière de la confiance de son papa et pour ne pas le décevoir jurait, en levant la droite et en crachant dans le linge puant, qu'il ne lui arriverait jamais rien de moche.

C'était le temps merveilleux où Clémentine adorait son père et détestait sa mère.

Jean-Hugues, dans sa chambre remplie de photos de Gandhi et de Mandela, passant en revue les événements du jour, se sentait énervé sans savoir pourquoi.

Peut-être parce que son connard de paternel allait forcément se casser la gueule avec sa conne idée de repiquer dans son job à la con ? Buller cinq ans, mépriser le showbiz qui vous le rend bien et d'un seul coup repartir à l'assaut !

Peut-être parce que les séances avec son acupuncteur tirant à leurs fins, il serait bientôt capable, enfin, de dire merde à son père ?

À moins de prendre des séances supplémentaires ?

Dans son lit, Franck se sentait bien. Quelle belle journée ! La tarte de Clémentine, les flammes dans la cheminée, la pintade, la campagne, les Dumontier, les vaches, les fleurs et cette absence d'alcool dans le corps qui lui donnait la tête si claire...

Pourtant, une question s'imposait à lui régulièrement et l'empêchait de dormir : depuis que le showbiz l'avait foutu dehors, il y a cinq ans, pourquoi s'était-il contenté de picoler sans même essayer de refaire surface ? Bon, c'est le métier qui l'avait rejeté mais, dans un couple, il y en a souvent un qui veut partir et l'autre qui aimerait continuer. Il suffit parfois que celui qui est en perdition se batte pour que la désintégration soit évitée. Pourquoi se rebiffait-il aujourd'hui et pas avant ?

Après s'être tourné et retourné dans le lit pendant une bonne heure, ne parvenant toujours pas à trouver ni une réponse ni le sommeil, il décida de s'obliger à dormir en innovant et, au lieu de compter des moutons comme il le faisait souvent, se mit à enchaîner :

Ma fille a 21 ans.

Ma fille a 22 ans.

Ma fille a 23 ans.

Ma fille a 24 ans.

Quand il réussit enfin à s'endormir, Clémentine allait sur son deuxième siècle.

4

Georges Tommaso avait été l'agent artistique de Franck Villemin du démarrage foudroyant, à 20 ans, jusqu'à la chute en douceur. Vingt-cinq ans de drames irréparables et de ruptures définitives ne les avaient pas séparés mais, cette fois, pour un problème c'était un problème ! Voilà que cet excité – en train de gesticuler dans le bureau comme s'il donnait un cours de mime – voulait faire un come-back ! À 50 berges ! Alors que pour réussir aujourd'hui dans la chanson, il faut être à l'âge de la couche-culotte plutôt qu'à celui de la Carte Vermeille. Alors qu'en dehors des stars installées, les tubes sont lancés par des jeunes, pour des jeunes, puisque, toutes les études le confirment, après la trentaine, les gens achètent des CD aussi souvent que des salles-à-manger et ne téléchargent jamais un titre.

Villemin, lui, commençait à être fatigué de tous ces dépressifs qui, chaque fois qu'il racontait vouloir chanter à nouveau, le regardaient comme un fou désirant sortir d'asile pour prendre la place du président de la République. Il en avait marre de répéter : « Bon Dieu ! Vous commencez à me pomper l'air ! Avoir 50 balais n'est quand même pas avoir une maladie incurable ! »

L'agent, retranché derrière son bureau comme derrière un bouclier, triturait nerveusement son oreille tout en regardant son visiteur piétiner la moquette et se demandait comment dire sans dire, comment mentir sans que ça se voie ?

– Je suis certain d'une chose, fit l'ex-vedette : si je trouve de bonnes chansons j'estime raisonnablement pouvoir vite me retrouver en tête des ventes.

Tommaso pensa à son infarctus récent et se dit qu'il devait surtout éviter de s'énerver. L'innocent d'en face envisageait *raisonnablement* de se retrouver N° 1. Même une ménagère classique, convaincue qu'il y a des lessives qui lavent mieux que d'autres, ne pourrait pas éructer une pareille ineptie ! Néanmoins, pour bien prouver son adhésion totale au projet, l'agent demanda, avec un intérêt passionné, comment l'innocent comptait procéder pour accéder *raisonnablement* au Disque d'Or ?

– Tout d'abord, je demande des titres à Éric Laurier. Il m'a écrit de nombreux succès, sa cote est toujours solide, je pense qu'il sera d'accord. Ensuite, je fais une maquette avec cinq ou six musiciens et c'est là que tu interviens, Georges : tu iras faire écouter ce matériel aux Majors Compagnies pour que je décroche un contrat. Comme tu le sais, je n'ai jamais su tirer les sonnettes.

– Ok, fit Tommaso, en tripotant de plus en plus nerveusement son oreille, compte sur moi, je ferai toutes les boîtes si nécessaire.

Villemin le contempla d'un air offusqué et fit remarquer sèchement qu'il serait étonnant qu'il soit obligé de contacter 'toutes les boîtes'. Deux, peut-être. Au maximum. Georges assura que c'est ce qu'il avait voulu dire. En tout cas, il ferait ces démarches avec plaisir, c'est sûr, y'a pas de soucis.

Franck le remercia puis, pour clore l'entretien, lui demanda, avec le plus de désinvolture possible, si, par hasard, il ne saurait pas l'âge de Clémentine ?

Là, l'agent eut du mal à conserver son calme. L'âge de sa fille, maintenant ? Rien que ça ! Ce n'est pas parce qu'il avait été autrefois bombardé parrain – contre son gré – qu'il pouvait être au courant d'un détail aussi dénué d'intérêt. Tant qu'on y est, pourquoi ne pas lui demander le nombre de dents que posséde un requin ? Malgré tout, il répondit que ça devait se situer entre vingt et vingt-cinq.

– Merci, dit ironiquement Franck, tu m'aides beaucoup. Fais quand même un effort : plus près de vingt ou de vingt-cinq ?

– Franchement, grogna Tommaso en se décollant presque l'oreille, j'ai beau réfléchir, je sais qu'elle est jeune, mais…

5

Clémentine, depuis deux ans, ne vivait plus avec sa mère et habitait à Montmartre un studio qui lui plaisait beaucoup : clarté et plantes vertes. Au début de son installation, la jeune femme avait espéré que, vivant seule désormais, son père et elle se verraient davantage. Auparavant, en effet, quand papa l'appelait, il tombait souvent sur son ex-femme, ce qui posait parfois des problèmes. Les parents avaient beau être restés en bons termes, il faut voir les choses avec lucidité : les divorces génèrent des relations plus difficiles que les mariages.

En général.

Finalement, le père et la fille se voyaient beaucoup mais pas plus qu'avant. Son boulot de journaliste accaparait Clémentine, Franck, lui, détestait qu'on le voie imbibé d'alcool et il l'était constamment. De toute façon, depuis longtemps déjà, l'oiseau-soleil, avait accepté l'évidence : elle avait un papa à éclipses. La responsabilité n'en incombait à personne, Franck au moment du divorce ayant été condamné classiquement à verser une pension, la fillette, tout aussi classiquement, à ne le rencontrer qu'un week-end sur deux et pendant les vacances. Comment se comporter avec un père que l'on voit si peu quand on souhaiterait ne jamais le quitter ? Comment parvenir à ne donner que des morceaux d'amour alors qu'on a tout à offrir ?

Clémentine regarda son petit copain Jérôme avec agacement. Voilà trois minutes qu'il s'acharnait à tenter d'ouvrir une bouteille de Coca. Le forage d'un puits de pétrole dans la Baltique ne lui aurait pas causé plus de difficultés.

– Jérôme, essaye la dynamite, j'en ai un reste dans le frigo.

Elle avait trois ans, ne savait pas encore ouvrir les bouteilles de Coca. Quand son père, d'un seul coup, enlevait la capsule d'un mouvement précis, la gamine se sentait pleine d'admiration et était persuadée que, si l'envie en venait à son super papa magicien, il pouvait transformer la bouteille en carrosse de nougat, en robe de princesse pour maman, et même en purée-jambon qui était pour elle le plat le plus exquis du monde.

– Laisse tomber le Coca, dit-elle, compatissante, au maladroit Jérôme, tu vas te perforer la main et tu seras bon pour une transfusion sanguine. Prends plutôt du vin rouge, la bouteille est ouverte.

Bien que fâché par le ton ironique, le garçon obéit et alla chercher le Beaujolais sous l'œil amusé de son amie. À son retour, elle exigea du vin blanc. Il repartit aussitôt pour la cuisine.

Pourquoi faisait-elle tourner ce type en bourrique ? Et pourquoi ne l'aimait-elle pas ? Lui paraissait gravement atteint. La preuve : alors qu'il était intelligent, quand il la dévorait du regard avec les mêmes yeux que ceux d'un cabillaud surgelé, on aurait dit un crétin. C'est un signe qui ne trompe pas. Elle en était profondément convaincue : l'amour ne rend jamais intelligent. C'est même le contraire. De plus, ce Jérôme était beau, jeune, cultivé, riche. Tout pour lui, quoi. Mais une femme peut-elle tomber amoureuse d'un homme uniquement parce qu'il vous aime ?

– Un baiser au vin blanc, ça te plairait ? demandait pour la troisième fois le cabillaud surgelé.

– Faut d'abord goûter pour savoir.

Il la prit dans ses bras et la serra contre lui. Clémentine adorait être contre un corps. Dans cette position étrange, on est plein de bras, plein de jambes, avec, pendant un moment, l'impression délicieuse de se sentir forte quand on est faible, d'avoir chaud quand il fait froid, de planer alors qu'on est sous les couvertures, tout en oubliant que, bientôt, il faudra redescendre sur terre.

Jérôme dit doucement :

– Je t'aime. Et toi ?

– Moi aussi je m'aime.

Il préféra prendre ça pour une plaisanterie et, du coup, enhardi, en profita pour tenter de savoir pourquoi elle refusait qu'il aille avec elle ce week-end à la Maison-Pommes ? Voilà trois mois maintenant qu'ils sortaient ensemble, trois mois qu'ils allaient au cinéma, à la piscine, au restaurant, à Bruges – manger face à face des moules-frites à Bruges c'est du sérieux, non ? – en revanche, pendant ce même laps de temps, mademoiselle avait été quatre fois dans cette ferme mythique. Sans lui ! Pour quelle raison ?

La fille, les yeux ailleurs, répondit, comme d'habitude, qu'elle y allait avec son père juste pour donner un coup de main aux Dumontier, les fermiers d'à côté. S'agissait de bêcher le potager, tailler les haies, couper du bois. Un intello comme toi serait traumatisé par des activités aussi rustiques.

– Pas du tout. Et j'aimerais bien connaître ton père.

Elle le dévisagea avec étonnement.

– Je n'en vois pas la nécessité.

Jérôme demanda aigrement comment on pouvait mériter cet honneur ?

– On peut pas.

Ce pauvre handicapé du Coca-Cola n'avait donc aucunement conscience de la situation ? Comment présenter l'ombre au soleil, la grisaille à la couleur, et peut-on, sans en être désespéré, comparer la laideur d'une laverie automatique à la beauté d'un tournesol de Van Gogh ? Comment ce provisoire Jérôme ne comprenait-il pas que son père était un océan et lui un ruisseau.

6

Franck Villemin, seul dans son appartement, regarda la bouteille de vodka qui trônait au milieu de la table. Elle le narguait, c'est sûr. Stupidement immobile, aussi chaleureuse qu'un tournevis ! L'envie lui vint de la lancer par la fenêtre comme on se débarrasse d'une grenade pour qu'elle aille exploser chez les voisins. Un mois sans boire. Un mois ! Il se demanda si un verre lui ferait du mal. Durieux avait dit : « Pas une goutte ! » Mais ce que disent les médecins...

Il prit la bouteille et l'examina avec attention. Quel gros tas ! Quelle allure lamentable ! Comment pouvait-on s'intéresser à une chose aussi vulgaire ?

« Personne ne veut plus écrire pour moi ! Quand je pense à tous ces salauds d'auteurs ! Je leur ai fait gagner des fortunes et maintenant ils se défilent. Éric Laurier est d'accord pour me composer quelques chansons. Comme autrefois. Mais rien ne vient. RIEN » !

Il reposa la bouteille. C'était tout de même curieux qu'un liquide aussi banal puisse parvenir à perturber avec autant de force le comportement d'un être humain. Comment expliquer que quelques verres de ce truc minable soient capables d'amener un Prix Nobel à dire des conneries, un non-violent à frapper une passante, un bien-élevé à insulter son chef de service ?

« Et les producteurs ! Depuis qu'ils savent que je veux reprendre le métier : sur messagerie, en voyage, en réunion ! Ont sûrement peur d'éclater de rire sous mon nez ! Préfèrent se marrer entre eux : veut rechanter à son âge, l'alcoolique, l'est devenu gâteux ou quoi ? Me croient pas quand je leur dis que je ne bois plus ! Doivent caqueter : serment d'ivrogne, qui a bu boira ! »

Franck se décida à ouvrir la bouteille en se demandant si ce qu'il faisait était intelligent. De toute façon, c'est quoi être intelligent ? On est toujours le con de quelqu'un.

Ce que ça pouvait être inexistant, la vodka ! Une boisson sans couleur et sans mouvement, une boisson banale qui se laisse verser, poivrer, glaçonner, cocktailiser. Aucune personnalité.

« Il y a bien deux ou trois dégénérés artistiques qui m'ont proposé des chansons, seulement elles sont si débiles que… passons. »

Et ce liquide sans âme qui coule dans ce verre si ordinaire. Faut vraiment se sentir seul au monde pour fabriquer des situations aussi dénuées de beauté. Il contempla longuement la vodka. Boire ? Ne pas boire ?

Et ses mains ? Un mois après sa sortie de clinique, était-il normal qu'elles continuent à se trémousser de la sorte ? Et sa poitrine ? Quand parviendrait-elle à se débarrasser de ce cerclage de fer invisible tentant de l'étouffer ?

La sonnette de la porte d'entrée retentit. Franck se précipita. Il aurait pu parler à n'importe qui. Même à un démarcheur de télévision venu lui expliquer qu'il y a trois cents chaînes sur le Câble et que, si on n'est pas câblé trois cents fois, on est vraiment un nul. Il aurait pu écouter pendant des heures un illuminé tenant à le convaincre que la fin du monde est pour le mardi 18 à 17h22 et qu'il ne lui reste plus qu'une seule chose à faire : mettre de l'ordre dans sa tête foireuse en lisant cette Bible à 50 euros seulement.

C'était Clémentine.

– Bonjour, papa. Excuse-moi de venir à l'improviste. Je ne sais pas pourquoi, j'ai eu envie de te voir.

Franck était perturbé. Pourquoi arrivait-elle au moment dangereux. Elle avait des pouvoirs magiques ?

Sa fille, bien sûr, découvrit tout de suite la bouteille et dévisagea tristement son père. Il ne lui laissa pas le temps de parler :

– Je te dispense de tes réflexions. Si tu veux tout savoir, ton père n'a pas bu : il va boire. Son premier verre depuis un mois. Que cela te plaise ou non.

– Je t'en prie papa, fais pas ça. Durieux l'a dit, ce serait très mauvais pour toi. Dans ton cas, on ne sait pas boire un peu. On ne boit pas du tout ou on boit beaucoup. Donne-moi cette bouteille.

– Je te le dis calmement : fous-moi la paix.

Elle tendit la main vers la vodka. D'un geste brusque il éloigna cette main.

– Tu m'énerves ! Sais-tu pourquoi je bois ? Hein ?

– Donne-moi ça, papa.

– Je fais ce que je veux ! Sors ! Fous le camp !

Sans en avoir conscience il avait crié en serrant la bouteille contre lui.

– Je ne partirai pas, dit la fille, et tu ne boiras pas.

Elle tenta à nouveau d'attraper la vodka. Il recula.

– Je t'en prie, Clem, arrête, nous sommes ridicules.

– Ça m'est égal. Même si on doit se battre, même s'il faut appeler les flics, je t'empêcherai de boire. Donne-moi cette bouteille.

Elle saisit sa main. Il se dégagea. Alors elle se jeta sur lui, l'attrapa violemment et ils roulèrent bêtement sur le sol. Sans oser se frapper vraiment, sans oser se faire mal vraiment, sans oser parler même un peu. Comme deux petites choses qui vivent comme elles peuvent et ne sont pas sûres de ce qu'elles font. La vodka se répandit par terre, les chaises se renversèrent et, au beau milieu de la bataille, Franck s'immobilisa et se mit à pleurer.

Clémentine le prit contre elle et, pour la première fois de sa vie, tenta de le consoler. C'était pareil qu'autrefois. Presque, puisque c'était à l'envers.

Autrefois...

Quand, à la Maison-Pommes, couchée, elle avait peur des souris qui trottinaient au grenier au-dessus de sa tête et qu'elle sanglotait, son père arrivait soudain, l'entourait de ses bras en disant vers le plafond d'une voix de soldat : « Qu'elles viennent les souris, qu'elles viennent ! Je leur coupe les moustaches, je fais un nœud à leur queue et je les accroche à la poutre ! » Alors, d'un seul coup, tout redevenait rose. Comment avoir peur quand on est dans les bras de l'homme le plus fort du monde ?

– Écoute papa, écoute-moi bien. Nous allons réussir. Les auteurs en place ne veulent plus écrire pour toi ? On va en trouver des jeunes. Talentueux. Qui seront ravis de composer pour quelqu'un qui a un nom. Parce que tu es quelqu'un qui a toujours un nom. Fais-moi confiance. Tu m'entends ? Dis-moi quelque chose, mon papa, je t'en prie, dis-moi quelque chose. S'il te plaît, parle.

Décidément, c'était la même histoire inversée. Parfois – il y a si longtemps – quand son père ne montait pas l'embrasser, le soir, avant qu'elle ne s'endorme, le lendemain matin la fillette était si furieuse qu'elle refusait de lui adresser la parole, le fixant de longues minutes avec des yeux-mitraillettes. Et lui, penaud, tournait autour de la petite boule hérissée en faisant :

– Ma chérie, je ne t'ai pas oubliée, je suis monté t'embrasser un peu tard et tu dormais déjà. Dis-moi quelque chose, n'importe quoi mais, je t'en prie, dis-moi quelque chose. S'il te plaît, parle.

Elle, dans sa tête, faisait : « Plutôt sauter dans la mare aux nénuphars que de lui dire quelque chose ! Traître, sauvage, monstre, beurk ! »

Et elle restait farouchement muette.

Jusqu'à ce qu'il la chatouille. Là, forcément, elle ne pouvait pas s'empêcher de rigoler.

Devant le silence de son père, Clémentine continua :

– Tu ne veux rien me dire ? C'est pas grave. Je vais rester avec toi toute la journée pour t'aider à tenir le coup. Mais je ne peux pas être toujours là. Donc, je voudrais que tu me promettes de ne pas recommencer à boire. Dis : je le jure, en levant la main droite. J'attends.

Elle attendit un peu, beaucoup. Un enfant pleurait quelque part, un chien aboyait, venant d'un appartement voisin une chanson disait : « Pour vivre heureux, débarrassons-nous de l'amour ».

7

Christophe Nolan était ce qu'on appelle 'un jeune auteur qui monte'. Il n'avait pas encore de grands tubes à son actif mais plusieurs vedettes interprétaient ses chansons, ainsi que de nombreux débutants, et les Majors Compagnies le contactaient souvent quand elles cherchaient du matériel pour leurs poulains. Sa réussite était dans l'air, tout le monde semblait d'accord sur ce point, et lui-même en paraissait conscient. Il faisait d'ailleurs le maximum pour y parvenir. N'hésitant jamais à traîner des heures sur un plateau de télévision, ne serait-ce que pour dire un petit bonjour entre deux portes à un chanteur célèbre ; parcourant plusieurs centaines de kilomètres pour 'soutenir' un artiste en concert ; infiltrant habilement tous les clans, toutes les équipes, habité par l'envie féroce de réussir et d'oublier le milieu modeste d'où il venait.

Aussi, quand Georges Tommaso lui avait demandé si ça l'intéressait d'écrire quelques chansons pour Franck Villemin, le jeune auteur ne s'était pas fait prier. Ça ne serait sûrement pas le disque qui se vend à un million d'exemplaires mais, après tout, dix ou quinze mille CD n'étaient pas à dédaigner. Bon, ce Villemin, on l'entendait peu en ce moment mais Christophe Nolan se souvenait fort bien que, lorsqu'il était gosse, c'était une star et, de plus, l'idole de sa mère. En voilà une qui serait contente si l'affaire se faisait. Sans compter que, la rumeur publique murmurant que l'artiste avait cessé de boire depuis sa dernière clinique, le handicap majeur paraissait être éliminé.

Il faut ajouter que l'agent avait formulé sa proposition en signalant, mine de rien, qu'elle lui donnerait par la même occasion la possibilité de rencontrer la fille du chanteur. L'argument n'avait pas laissé le jeune loup insensible. Dieu sait qu'on en parlait dans le métier, de cette meuf, et toujours pour dire la même chose : « Pour un canon, c'est un canon ! »

Ainsi prévenu, Christophe s'attendait donc à découvrir une belle plante, comme on en trouve souvent dans le showbiz, mais quand il rencontra Clémentine pour la première fois il en resta stupéfait. Les gens n'avaient rien compris ! Cette fille n'était pas un canon mais une batterie antinucléaire ! Rien à jeter, de la cheville aux cheveux ! Sa bouche : une merveille de la nature ! Son sourire : déstabilisant ! Et ses jambes ! Alors là ! Il avait estimé sacrilège que des jambes pareilles servent uniquement à marcher. Il fallait les faire classer *Historique* et installer Clémentine au Louvre, à côté de la Joconde, de façon à ce que chacun puisse avoir la preuve que, contrairement à ce qui se dit, la perfection existe en ce monde.

– Tu n'exagères pas un peu ? suggérait sa mère.

– Je te rappelle que c'est la fille de qui tu sais.

Du coup, maman, l'œil rêveur, convenait que, effectivement, vu l'hérédité… Car Franck Villemin, il y a vingt ans, quelle batterie antinucléaire !

Ce jour-là, le jeune auteur en allant à son rendez-vous, se sentait tendu. L'idée de revoir Clémentine l'enchantait, bien sûr, mais le but de la rencontre était quand même de montrer ses chansons, spécialement écrites pour le père, et cette situation lui flanquait un sacré malaise. De toute façon, chaque fois qu'il devait faire écouter ses œuvres c'était pareil : l'angoisse le tenaillait. Même quand les gens lui paraissaient a priori favorables. En trois ou quatre minutes un titre était jugé. Un titre qui lui avait parfois coûté des semaines ou des mois de travail. Pour se consoler, il se disait que c'était pire dans le cinéma : deux ans minimum pour fabriquer un film, une heure et demi pour être jugé ! Mais savoir que d'autres souffraient plus que lui ne le consolait pas. Christophe proposait donc toujours ses chansons avec le même état d'esprit que les premiers Chrétiens précipités dans l'arène et attendant les lions qui arrivaient de tous les côtés à la fois. Ses lions à lui étaient la star et son entourage qui, systématiquement, disaient : « Ta chanson est géniale, mais faut tout changer. » Et il fallait discutailler, lutter, râler, pour finalement accepter de douloureux remaniements histoire de séduire l'interprète, le producteur, l'éditeur, la femme du producteur, la maîtresse de l'éditeur, les enfants des uns et des autres, tous ces gens étant persuadés que tout le monde sait écrire sauf les auteurs.

Christophe Nolan, donc, en allant à son rendez-vous, se préparait au pire. Mais que les lions ne sortent pas leurs griffes. Écrire pour une ex-vedette, bon, mais qu'elle fasse patte de velours, qu'elle soit bien civile, bien admirative et surtout aucune critique !

En descendant de voiture, l'auteur se dit qu'il n'avait aucune raison de s'énerver ainsi, le principal, le grand principal, était que Clémentine soit là, avec ses jambes, sa bouche, ses yeux. Ah ses yeux ! Il s'arrêta net au milieu d'un trottoir : ils étaient de quelle couleur ? Elle et lui s'étaient déjà vu trois fois, il avait trouvé ses yeux extraordinaires et voilà qu'il se sentait incapable d'en dire la couleur ! Les gens le bousculaient en passant, lui suggéraient, énervés, d'aller ailleurs pour prendre racine, le contemplaient en baragouinant des phrases où revenait souvent le mot connard. Il sentit qu'on allait le lyncher pour atteinte à la libre circulation sur les trottoirs et repartit en marmonnant : « Ça, c'est la meilleure, ses yeux, quelle couleur ? »

Clémentine et Jean-Hugues piétinaient dans le salon de leur père sans trouver grand-chose à se dire. Ils avaient vaguement parlé de foot mais ce n'est pas un sujet qui permet de rester longtemps calme. Pour peu que l'un apprécie le PSG et l'autre l'OM, on risque de voir se conclure la discussion avec des insultes plutôt qu'une pensée profonde. JHV avait envisagé un instant de raconter que sa petite copine du moment venait de le quitter en le traitant de trouduc, mais est-ce passionnant pour une sœur de savoir que son frère se fait régulièrement traiter de trouduc ?

– C'est quand même bizarre, fit Clémentine : d'une minute à l'autre, un auteur va nous proposer des chansons et papa est absent alors qu'il attendait ce moment avec impatience. Encore heureux que j'ai la clef.

Jean-Hugues ne répondit pas.

– Tu ne trouves pas ça bizarre ?

– Rien à secouer.

La fille explosa :

– T'es pas marrant ! Tu n'as d'avis sur rien ! C'est pas compliqué : sur rien !

JHV se contenta de hausser les épaules et d'aller regarder par la fenêtre. « Qu'est-ce que j'en ai à foutre de son auteur merdique ? Je suis là parce que je sais pas quoi faire, c'est tout. »

– Tu pourrais quand même dire une phrase de temps en temps ! lança Clémentine.

– Un seul mot, ça t'irait ?

– Ça serait mieux que rien.

– Rhubarbe.

Dans le fond, pensa-t-elle, il a raison de se taire. Faut se méfier de la parole. Un amoindri des méninges, s'il parle, se dévoile vite. En revanche, s'il ne dit jamais rien, les gens peuvent croire qu'il est peut-être en train de penser. Ça impressionne toujours. Certains débiles passent une vie entière dans un grand silence respecté et c'est lors de leur dernière heure, quand tous les proches sont réunis autour du lit, qu'ils ouvrent enfin la bouche pour délivrer leur message final. Alors, d'un seul coup, atterrés, tous se rendent compte que papy est un crétin. Dans certains cas, mieux vaut garder le silence jusqu'au bout. C'est préférable pour la famille. Apprendre qu'on descend d'un hébété est perturbant.

La sonnette de la porte d'entrée retentit.

– Eh voilà, dit Clémentine, c'est Christophe Nolan et papa est absent. On va avoir l'air malin.

– J'me marre grave, fit Jean-Hugues.

Une heure après, papa se faisait toujours attendre. Par curiosité, autant que pour masquer son anxiété, Clémentine, malgré l'absence du principal intéressé, était parvenue à convaincre l'auteur de leur faire écouter ce qu'il avait écrit.

Les chansons étaient superbes. De plus, elles correspondaient totalement à l'image de marque de Franck Villemin. Ce garçon connaissait bien son job.

– Je crois que la plus forte est *Lune verte et soleil bleu,* dit-elle. C'est avec celle-là qu'il faudrait faire le single.

C'était également l'avis de Christophe, qui demanda son opinion au frère.

JHV ne l'entendit pas. Dès l'arrivée de l'auteur il avait mis ses écouteurs et écoutait de la musique arabe.

Clémentine enchaîna vite :

– N'oublions pas que la maison de disques aura son mot à dire sur le choix des titres et comme actuellement nous n'en avons pas…

Christophe sursauta. Villemin sans contrat ? Pourtant Georges Tommaso lui avait juré qu'un accord avec une firme importante était sur le point d'être signé. « Comment ai-je pu être aussi crédule ? » Du coup, maintenant les morceaux étaient écrits et leur enregistrement incertain. Une chanson sans disque étant aussi utile qu'une brouette sans roue qu'est-ce qu'il foutait dans cette galère ? « Je repars avec mon matériel, pensa-t-il. JE REPARS ! »

Le voyant perturbé, Clémentine s'empressa d'affirmer que le problème allait se régler rapidement :

– D'abord nous ferons une maquette soignée, ensuite nous la présenterons aux décideurs, tes chansons sont tellement belles que, forcément, les réactions seront positives.

Christophe remarqua qu'elle disait toujours 'nous' en parlant des affaires de son père. Bon, c'était leur truc. En tout cas, la situation devenait claire : aucun contrat d'enregistrement n'étant prévu, tout restait à faire. Merci Tommaso. Et Franck Villemin, qu'est-ce qu'il foutait ? Il aurait dû être présent, non ? Invraisemblable le comportement de ce mec ! De toute façon, cette affaire bancale ne l'intéressait plus. Il lança avec agressivité :

– Réactions positives ! Faudrait d'abord que ton père les écoute.

– Je le connais. Je suis sûre qu'il va les adorer.

– À condition que je te laisse la maquette !

Clémentine le dévisagea avec étonnement.

– Y'a un problème ?

Elle se trouvait à un mètre de Christophe et le fixait droit dans les yeux. L'image, alors, passa brusquement dans la tête du garçon : cette fille donnait l'impression de n'avoir rien sur le corps même en étant habillée. Sa sensualité explosait de partout. Même ses coudes étaient érotiques, ses genoux aussi. Sans compter que, réponse à la question, ses yeux étaient bleus. Mais d'un bleu étrange. Très sombre. Non, très clair. En fait, ni sombre ni clair. Enfin bref, bleu-bizarre, quoi.

Il s'entendit bredouiller : « Non, aucun problème. »

La nuit était tombée. Clémentine, seule, dans l'appartement de son père, attendait, folle d'inquiétude. Pourquoi n'était-il pas venu au rendez-vous ? Elle avait appelé sa mère pour lui raconter l'histoire et, surtout, pour se faire rassurer : qu'en pensait-elle ? Maman s'était contentée de répondre qu'elle en avait rien à foutre et que ce genre de comportement c'était bien lui. Jamais là quand il faut.

Clémentine se demandait pourquoi il avait disparu.

Allait-elle, comme naguère, le retrouver ivre-mort :

Dans un terrain vague ?

Sous une porte cochère ?

Sur le bord d'un trottoir ?

Pourvu qu'il n'ait pas été victime d'un accident.

D'une agression.

D'un malaise.

Elle avait téléphoné aux hôpitaux.

Aux cliniques.

À la police.

Aux amis.

Aux ennemis.
Rien.

En réalité Frank Villemin se cachait. Lorsque Christophe Nolan l'avait appelé pour dire que, lui ayant écrit plusieurs titres, il désirait le voir, le chanteur, tout d'abord, en était resté sans voix. Quelqu'un composait pour lui ! Quelqu'un, enfin, le considérait comme un être vivant et non comme une antiquité romaine ! Puis, à quelques minutes du moment où ses enfants et l'auteur devaient débarquer dans son appartement, il avait ressenti un malaise : ce petit jeune aurait vraiment écrit pour lui ? N'allait-il pas plutôt, comme les autres, tenter de lui refiler quelques vieux machins refusés par tout le monde ? Pourquoi accepterait-il, ce garçon en lequel tous croyaient, de travailler pour une vedette déchue alors que les auteurs en place s'enfuyaient à toute allure ?

Franck, alors, avait jugé préférable d'éviter cette rencontre humiliante. Il était donc sorti rapidement et, portable éteint, avait d'abord traîné dans des rues, au hasard. Bien passé le temps où les passants le reconnaissaient. À plusieurs reprises, il était entré dans un bistrot avec l'intention de commander une vodka mais, chaque fois, à la dernière minute, avait demandé un thé. Deux mois sans boire, pas le moment de tout gâcher. Pendant un instant, se sentant vraiment angoissé, l'idée lui était même venue d'acheter des cigarettes, mais, finalement, dans un sursaut de volonté, avait renoncé à l'idée. Du temps de sa splendeur, en effet, pour se maintenir en forme, il avait décidé d'éliminer les trois fléaux les plus dangereux pour l'homme actif : le tabac, l'alcool, le mariage. Bien sûr, par la suite, il s'était mis à boire mais ce n'était pas une raison pour, maintenant, commencer aussi à fumer. Dans ce cas, autant toucher le fond et se remarier.

Il était donc entré dans un cinéma.

Puis dans un deuxième.

Dans un troisième.

Trois films minables. Sans scénario, une 'ambiance' à la place. Franck se dit qu'il n'y avait plus d'auteurs, ni dans la chanson ni dans le cinéma. Ils devaient tous avoir adhéré à une secte d'illuminés et s'être collectivement suicidés. Il avait traîné encore un peu avant de rentrer chez lui, à la nuit tombée, pour être certain de n'y trouver personne.

Clémentine était là. Une maquette à la main.

Qu'ils avaient écoutée ensemble. Puis écoutée à nouveau. Dix fois de suite.

À deux heures du matin, Franck Villemin appela Christophe Nolan pour lui hurler que *Lune verte et soleil bleu* était une chanson géniale, le tube garanti, et qu'ils allaient tous fêter ça, obligatoirement, on ne discute pas, demain, à 21h, au Tampico !

Le jeune auteur, au fond de son lit, à moitié endormi, se dit en raccrochant : « Quelle famille ! Le père est fou, le fils un zombie, heureusement la fille a des yeux bleu-bizarre et des jambes classées *Historique* ».

8

Georges Tommaso, subrepticement, consulta sa montre, se sentit déprimé en constatant qu'il était trois heures du matin, et cacha derrière sa main un énorme bâillement. Quelle idée ! Aller au Tampico pour 'fêter ça' ! Il avait tenté d'éviter la corvée en disant qu'il était submergé de travail, mais Villemin s'était contenté de lui dire en souriant : « Tu fais comme tu veux mais si tu ne viens pas arroser mes nouvelles chansons, je te mets une tarte. » C'est qu'il aurait été capable de le faire, cet excité ! Et voilà ! Une nuit au cabaret à bavasser alors qu'en ce moment il pourrait être au lit, douillettement bourré de somnifères.

Chose rare pour un agent, Georges Tommaso avait toujours eu horreur des cocktails, des lunchs, des premières et pensait que le Tout-Paris ne vaut pas davantage que le Tout-Trifouillis-les-Oies. Le caquetage des gens l'agaçait et une seule coupe de champagne suffisait pour que sa conversation se mette à ressembler à celle des élèves d'une classe de maternelle.

Afin d'éviter de sombrer dans le sommeil, il tenta d'amorcer une discussion avec Jean-Hugues, posé comme une buche sur le siège d'à côté, et lui demanda s'il avait enfin trouvé un job intéressant. JHV répondit : « J'te calcule pas. » L'agent artistique ne parvint pas à saisir le sens caché de la phrase et préféra ne pas insister.

– Coucou Georges ! fit Franck, réveille-toi, c'est l'heure d'aller au bureau !

Georges sursauta et répondit, vexé, que ce n'était pas parce que ses yeux plissaient un peu qu'il dormait. Mais le chanteur insistait : « Ce soir, pas de fatigués, pas de grognons ! Le bonheur, le bonheur, le bonheur ! » Il exultait, le chanteur. Ses doutes de la veille lui paraissaient si incroyables. Déplacés, en fait. Car il fallait voir les choses lucidement : il avait su réunir autour de lui une équipe gagnante ! Ce Christophe Nolan était sans contestation possible le meilleur compositeur de sa génération et, avec des chansons pareilles, refaire surface serait un jeu d'enfant ; sa fille était la personne la plus intelligente qu'il ait jamais rencontrée et, par-dessus le marché, lui, Franck Villemin, travaillait avec le plus grand agent d'Europe !

La star des agents, qui aurait préféré être le plus petit d'Europe, mais couché, se contenta d'esquisser un rictus de criminel en puissance.

Pendant ce temps, Clémentine et Christophe, sur la piste, remuaient leurs pieds en cadence sur une sorte de rock primitif des années Elvis Presley et le garçon était bien plus passionné par les yeux bleu-bizarre qui lui faisaient face que par les passes de danse qu'il tentait d'exécuter avec une légèreté approximative.

Quand ils furent suffisamment transpirants, ils revinrent s'écrouler à la table commune. La blonde fille de Franck portait une robe noire. Sans aucun accessoire. Ni bijou, ni sac, ni foulard. Une robe, c'est tout. Le jeune auteur ne pouvait s'empêcher d'imaginer que, même affublée d'une couverture loqueteuse, elle aurait eu la même allure divine.

Divine ou diabolique ? Le choix le laissa songeur.

Tommaso, en les contemplant, pensa qu'il avait eu raison de mentir à propos du contrat de disque. Sans cette astuce, ces deux-là ne transpireraient sûrement pas ensemble. Christophe Nolan, lui, se disait que l'album ne se ferait peut-être pas mais qu'il y a quand même autre chose dans la vie que le boulot. Néanmoins, l'auteur et l'agent, depuis le début de la soirée, évitaient soigneusement d'aborder le pénible sujet du contrat fantôme et, quand ils se retrouvaient face à face, sombraient aussitôt dans un immense silence.

Clémentine et Christophe en étaient à leur troisième slow et le garçon sentait la perplexité l'envahir. La fille de Villemin, d'un côté, semblait le trouver... disons sympathique, mais, d'un autre côté, se comportait d'une façon étrange : parfois proche, parfois lointaine, se laissant aller contre lui, puis, un instant après, s'éloignant à la distance d'un bras. Christophe comprenait mal ce genre d'attitude. Il avait tendance à se sentir attiré par les décisions rudimentaires : oui c'est oui, non c'est non.

Comment procéder pour tenter d'aller plus loin ?

Comment procéder pour la séduire, en fait ?

Lui parler d'elle ? Les gens adorent ça. Et, dans ce cas, le plus efficace est la conversation astrologique. L'idéal étant de pouvoir dire d'un air sentencieux : « Tu vois, Clémentine, je devine que tu es Balance. C'est pour cette raison que ta personnalité, très riche (insister sur 'très riche') t'amène à hésiter ». Petit problème : il ne connaissait rien à l'astrologie. Cette fille était-elle Balance ? Et les Balance sont-elles hésitantes ? Donc aller plutôt vers les phrases basiques : « Tu sais que tes yeux sont d'un bleu-bizarre ? »

L'éventuelle Balance répondit qu'ils n'étaient pas bleus.

Christophe n'insista pas, estimant qu'un débat comparatif entre le bleu de Picasso et celui de Renoir aurait été déplacé en ce lieu où le cerveau ne sert qu'à donner des ordres au corps dans l'unique but de parvenir à faire bouger ses jambes de la même façon que la personne d'en face. Il se contenta donc de la serrer davantage, ce qui est le message le plus accessible.

– Je t'en prie, m'écrabouille pas.

L'écrabouilleur se dégagea à regret.

La fille sourit discrètement, ce garçon l'attendrissait. Elle le devinait faible sous sa farouche envie de réussite. Il avait le talent pour avancer un peu mais pas le punch suffisant pour aller loin. Pour l'instant, il ressemblait à un lionceau qui sent ses dents pousser et se demande si ça sert à mordre ou à embrasser.

– À quoi penses-tu ? demanda Christophe.

– À toi. Je me disais que tu as tout pour aller loin. Tu es doué, fort, travailleur et tu as compris le métier. Tu devrais finir logiquement dans la peau du plus grand compositeur du monde. Au moins.

C'est la première fois qu'on parlait de la sorte au futur plus grand compositeur du monde. Alors, selon cette nana, il était un lion du showbiz ? Il allait écrire des tubes qui seraient chantés sur toute la planète ? Qu'on reprendrait dans trois cents versions différentes ?

Clémentine, collée à son cavalier, se demandait si elle n'en faisait pas trop, quand elle s'aperçut que son père les observait. Elle s'écarta vite.

Christophe, ayant repéré le manège, fit remarquer que papa, lui, ne se gênait pas pour danser sans arrêt avec cette petite Joanna Conti et que pour l'écrabouiller, il l'écrabouillait !

– Qui est cette meuf ?

– Chanteuse débutante. Après avoir été Miss-Machin. Son premier disque n'a pas marché, un deuxième se prépare, je crois.

Clémentine contempla les deux danseurs un long moment, estima qu'ils formaient un beau couple et, s'étant assurée que son père ne pouvait pas la voir, s'écroula à nouveau contre son cavalier. Celui-ci, du coup, leva les yeux au ciel et conclut que vouloir comprendre une femme était comme vouloir attraper le vent. Le mieux était donc d'agir sans relâche de façon à tomber par hasard sur ce qu'il fallait faire, au moment où il fallait le faire.

Il embrassa donc Clémentine sur la bouche et reçut en retour la baffe qui tue.

9

Joanna Conti, après un immense effort, parvint à ouvrir les yeux, regarda autour d'elle et resta un moment incrédule. Elle les referma et les rouvrit d'un seul coup. Aucun doute : elle était dans le même lit que Franck Villemin !

Invraisemblable ! Aller au Tampico avec deux copines pour passer une soirée-filles et se retrouver… « Qu'est-ce qui m'arrive ? Je le connais à peine ce bonhomme. Faut dire qu'avec la quantité d'alcool que j'ai avalée »…

La jeune femme s'enfonça dans une longue méditation. Comment cela s'était-il passé ? Elle se revoyait en train de danser, écroulée dans ses bras. Jusque-là : c'était clair. Ensuite : trou noir. De toute évidence, à un moment ou à un autre, ils étaient rentrés chez lui. Logiquement, elle devait être d'accord, il ne l'avait tout de même pas traînée dans les rues par les cheveux.

Soudain, Joanna se sentie dépassée : avaient-ils fait l'amour ? Alors là, le bouquet : aucune idée ! Elle fouilla les moindres recoins de la nuit, les plus petites bribes de conscience : rien ! « Eh ben, si jamais je lui dis que je ne me rappelle pas, ça va être l'Apocalypse ! Les hommes ne plaisantent pas avec ce genre de truc. » Mais la fille avait beau triturer sa mémoire, après le Tampico un brouillard grisâtre flottait sur les circonstances. En tout cas, ils étaient nus. Ça, aucun doute.

Elle se tourna vers son compagnon et l'observa avec attention. Il dormait encore. Elle n'avait jamais couché avec quelqu'un de connu. Ça lui faisait drôle de voir, sur l'oreiller, cette tête qui avait traîné dans tant de magazines. Cela dit, plus elle le regardait, plus elle comprenait ce qui lui était arrivé. Bien, cet homme. Beaucoup de charme. Évidemment, il pouvait être son père, mais justement ce détail lui convenait : elle détestait les embryons de 25 ans.

Le dormeur poussa un profond soupir, se retourna machinalement et vint se coller sur elle. La collée sourit et continua de rêvasser. Allait-il demander à la revoir ? Puis elle se posa la question à l'envers : « Et moi, est-ce que je tiens à le revoir ? » En fait, cette seconde interrogation était superflue, la réponse s'imposait toute seule, s'incrustait avec une évidence qui l'étonna : « Oui, j'aimerais aller plus loin avec lui. » Bon, ce n'était plus la grande vedette qu'il avait été, mais on parlait encore souvent de lui et ses anciens succès passaient toujours sur certaines radios. Conclusion : une idylle entre Franck Villemin et une jeune chanteuse devrait logiquement intéresser les médias.

– Je suis une vraie salope, fit-elle à voix haute.

– Hein ? bredouilla Franck.

– Rien. Rendors-toi.

Trop tard. Il avait les yeux ouverts et la dévisageait en souriant.

– Tu parles toute seule ?

– Gâteuse précoce.

Franck ne semblait pas du tout étonné de la trouver dans son lit. Il est vrai que, lui, s'était abstenu de boire.

– Salut, murmura-t-elle, sans oser l'embrasser.

– Salut, dit-il, en l'embrassant.

Après l'avoir contemplée un instant, il s'approcha de son oreille pour dire en souriant :

– Je parie que tu te poses une question.

Elle le regarda, interrogative.

– Tu as tellement picolé hier soir que, logiquement, tu devrais ne te souvenir de rien et, toujours logiquement, te demander si on a fait l'amour ou non.

Joanna se sentit rougir.

– Non, bredouilla-t-elle, je ne me pose pas la... la...

Il sourit, l'enlaça et murmura encore à son oreille :

– Ce sera donc une réponse sans question : nous n'avons rien fait. Tu étais HS et il y a des niveaux d'élégance au-dessous desquels je ne descends pas.

C'est juste à ce moment-là, juste quand il prononça 'niveaux d'élégance' que Joanna se dit que son impression première se confirmait : ce mec était quelqu'un de bien. Un minable n'aurait jamais refusé une occasion pareille. Elle avait quand même été Miss Bretagne ! Avec la pub en plus, cela pouvait donc devenir une liaison joignant l'utile à l'agréable. Une petite incohérence, néanmoins, la tracassait :

– Si j'étais HS, pourquoi m'as-tu ramenée ici ?

– J'avais envie de rire et tu étais tellement drôle.

Ça, elle n'avait pas prévu. Alors, elle était marrante sans le vouloir, ne faisait pas l'amour sans le savoir, picolait sans s'en rendre compte ? Mais que devait-il penser d'une fille pareille ? Franchement, il y a des soirs où l'on ferait mieux de rester seule avec son chat.

– Je tiens quand même à ce que tu saches, dit-elle d'une voix mal assurée, au cas où tu te poserais la question, que je suis d'habitude une fille qui boit peu et ne couche pas facilement.

– Je ne me pose pas la question.

Joanna qui souhaitait de longues justifications, fut déçue. Tant pis, ce serait pour une autre fois. S'il y avait une autre fois. La phrase qu'elle aurait aimé prononcer maintenant, la seule, l'importante, c'était : « Est-ce que tu souhaites me revoir ? » Elle s'approcha donc de l'oreille de Franck, comme il l'avait fait lui-même et murmura :

– Je peux te demander quelque chose ?

– Bien sûr.

– Est-ce que tu...

Décidément, il y a des phrases difficiles à sortir.

– Est-ce que tu aurais un jus d'orange ?

10

La réalisation de la maquette ne traîna pas. Christophe Nolan fit répéter Franck Villemin chaque jour, se montra rigoureux, sévère, perfectionniste (emmerdeur, disait le chanteur) et, deux semaines plus tard, ils entraient en studio.

Quand les séances d'enregistrement furent terminées, musiciens et techniciens se récrièrent tous que, sans aucun doute possible, *Lune verte et soleil bleu* serait un tube, LE tube ! Celui qu'on entend sur toutes les radios à longueur de journée, qu'on voit régulièrement à la télé, qui est téléchargé par des milliers de jeunes, qui est constamment en rupture de stock chez les disquaires, bref, le genre de CD vendus à cinq cent mille exemplaires. Clémentine et Christophe estimèrent qu'on pouvait même espérer les six cent mille. Franck, lui, se contentait de répéter modestement : « N'exagérons pas » tout en se demandant pourquoi il n'en vendrait pas un million.

Et quel plaisir de travailler à nouveau, d'avoir des projets, de rencontrer des journées qui passent vite au lieu de ces heures sans fin, qui avaient été son lot depuis cinq ans. Sans compter que, dorénavant, l'alcool était vraiment sorti de sa vie. Pourquoi s'enivrer quand on est heureux ? L'idée de se verser un simple verre de vodka ne l'effleurait jamais, il n'avalait que des liquides qui, il y a encore peu de temps, lui semblaient être une atteinte à la dignité humaine : limonade, jus de fruit, eau plate.

La seule ombre au tableau, c'est Jean-Hugues qui l'avait fabriquée en suggérant qu'on mette sur la maquette un rap, écrit par un copain, et disant à peu près :

« La société est ripou grave, mec, faut la niquer. » Son père en avait eu des palpitations. Un rap dans son disque !! Pourquoi pas une minute de silence ? Pour Franck Villemin la chanson était exclusivement une jolie mélodie qui se retient facilement et des paroles qui parlent d'amour. D'AMOUR, pas d'autre chose ! Que veut entendre le public ? Les jeunes veulent découvrir ce qu'ils ne connaissent pas encore : « Si tu t'en vas, je suis plus rien » ; « T'es parti mais je t'attendrai » ; là, les ados reniflent et se disent : « Vivement qu'on me quitte, merde, qu'il se passe quelque chose ! » Et les adultes ? Même combat : « Cœur perdu » ; « Toi sans moi » ; « Nous c'est fini » ; eux, ça leur rappelle une Cécile ou un Gérard qui les ont plaqués d'une façon malpropre et ils essuient discrètement, derrière leur conjoint, une larme nostalgique, pour l'empêcher de tomber sur les croquettes du chat.

La chanson c'est ça, un seul sujet : l'amour.

Georges Tommaso jugea la maquette super-super, estima qu'une grande firme serait forcément intéressée et demanda qu'on lui donne trois semaines pour faire les démarches nécessaires. Le délai parut démentiel au chanteur mais il ne fit aucun commentaire. Son agent était un pessimiste, tout le monde le savait. Trois semaines ! Dans huit jours, ce serait réglé. Pourtant ce maniaco-dépressif de Tommaso persistait :

– En attendant, je te connais Franck, tu vas te manger les sangs et m'appeler toutes les heures pour savoir ce qui se passe. Je te fais donc une proposition : « Va à la Maison-Pommes, dors, mange, bois (de l'eau), et ne m'appelle pas ! C'est moi qui le ferai dès qu'il y aura du nouveau. D'accord ? »

– Y'a pas de soucis, Georges, fit doucereusement Villemin, en ajoutant, plein de compassion, comme s'il s'adressait à un grand malade : « T'en fais pas, nous aurons vite un contrat à signer. »

– Touchons du bois, dit le neurasthénique, et il enchaîna rapidement, histoire de changer de sujet : « J'ai feuilleté mes agendas, ta fille a 22 ans ».

La fille de 22 ans décida de rester dans la capitale pour s'occuper du come-back de papa pendant que lui irait jouer au paysan normand. Elle contacta des journalistes – devenus amis grâce à son job à *Vie d'aujourd'hui* – pour les informer du projet. De son côté, Christophe Nolan se répandit dans toutes les rédactions comme s'il était une marée noire. Après son passage, on retrouvait ses traces sous formes de photos, CV et articles prérédigés. Restait plus qu'à imprimer ou à jeter à la poubelle. Si bien que, peu à peu, on put lire ou entendre des échos du genre sympathique :

Franck Villemin, qui n'avait pas fait de disque depuis plusieurs années, est en train de préparer de nouvelles chansons. Y'a du tube dans l'air !

Il y eut aussi, dans le genre moins sympathique :

Les dinosaures reviennent : Franck Villemin prépare un CD. Au secours !

Christophe ne savait plus très bien s'il faisait tout cela par amour du métier ou de Clémentine. Quand elle le fixait de ses yeux en plaqué-bleu pour lui demander avec sa voix de guitare à douze cordes : « Ça va, petit lion ? » Au fond de lui grondait un violent tremblement de cœur qui faisait au moins huit sur l'échelle de Richter. Mais, quand ils étaient couchés, et qu'il lui murmurait : « Je t'aime passionnément, personne n'a jamais aimé comme ça, personne ne le fera plus dans les trois cent mille prochaines années, et tant pis si je t'aime davantage que tu ne m'aimes et tant pis si celui qui aime le plus est toujours le perdant. » Là, elle le fixait de ses yeux glauques et répondait avec sa voix de crapaud : « Qu'est-ce que tu peux être chiant avec ton amour. »

Alors Christophe se sentait tomber au fond d'un lac plein de poissons carnivores qui dévoraient sa cervelle. Il aurait été impulsif : Clémentine mourait d'un grand coup de marteau sur le crâne ; il aurait été fort : il partait pour ne plus jamais revenir ; il aurait juste été lui-même : il s'écroulait en larmes. Mais le petit lion du showbiz la serrait juste un peu plus fort et marmonnait avec douceur : « Arrête de dire des bêtises, tu veux. »

11

La Maison-Pommes, à l'automne, ressemblait à une grosse boule jaune. La vigne vierge qui poussait depuis longtemps en toute liberté cachait autant les murs que le toit et la cheminée. C'était le refuge d'oiseaux hurleurs se conduisant comme des irresponsables : puisqu'on ne pouvait pas les voir, perdus dans le feuillage, ils pensaient qu'on ne les entendait pas non plus et, chaque jour, dès cinq heures du matin, réveillaient tout le monde en braillant comme des idiots.

Dans la forêt voisine, se livrait un violent combat de couleurs : dans les hauteurs le vert luttait contre le rougeâtre et, par terre, on découvrait des feuilles pâles et des châtaignes marron. Juste derrière l'ancienne ferme commençait un chemin, bordé d'arbres immenses se rejoignant à leur sommet. En octobre, on aurait dit l'entrée d'une cathédrale rousse.

Ce chemin était l'endroit préféré de Franck. Lui, Parisien authentique, y restait parfois une heure à surveiller les bonds d'un écureuil ou à écouter le chant d'une mésange. Comme si cela était d'une importance capitale, comme si, après avoir entendu l'oiseau ou vu le petit sauteur passer de branche en branche, le monde en serait changé. Cet endroit lui paraissait magique et, en conséquence, il n'aurait pas été étonné de voir les arbres se mettre à faire du hip-hop, la pâture se transformer en château-fort, et les vaches jouer à saute-mouton pardessus sa tête. Pourtant, depuis une heure, il rêvassait devant un châtaignier et celui-ci, ignorant visiblement qu'il était magique, refusait de danser. Inutile, donc, de continuer à l'observer en vain, autant penser à des choses sérieuses : deux semaines qu'il végétait dans cette jungle normande ! Alors qu'il pensait n'y rester que trois ou quatre jours !

Et pas de nouvelles de Georges Tommaso !

Comme promis, Frank faisait le mort. Clémentine et Christophe, eux, l'appelaient souvent mais pour dire des phrases inutiles : « Ça avance, on parle de toi dans la presse, c'est toujours long ces trucs-là, on te rappelle. »

Dur.

Encore que le plus dur était la présence unique de Jean-Hugues à ses côtés. Il n'avait invité son fils que pour accomplir ce qui lui semblait être son devoir de père responsable et, surtout, parce qu'il pensait rentrer rapidement à Paris. Dans la journée, heureusement, il y avait les Dumontier mais, le soir, quelle punition ! Ah, les conversations devant la cheminée avec JHV : « Hum, hum » ; « Ben oui » ; « Ça craint ». Autant parler à un fraisier. Quasiment au bord de la dépression, Franck, aujourd'hui, avait craqué et appelé Joanna Conti.

Après le Tampico, il ne s'était plus manifesté, même quand elle lui avait laissé de nombreux messages sur son portable. La préparation de sa maquette l'accaparait tellement que sa tête refusait de s'occuper d'autre chose. Mais lorsqu'il l'avait eue au bout du fil, ce matin, pour lui proposer de venir passer quelques jours en Normandie, elle s'était contentée de répondre oui.

Simplement.

Pas une seule remarque sur la disparition lourdingue du monsieur.

Même pas une intonation subversive.

Là, Joanna avait marqué un point.

Villemin décida de quitter sa cathédrale rousse. Jean-Hugues et la jeune chanteuse faisaient des crêpes : il était donc préférable de ne pas laisser ces deux-là seuls dans la cuisine trop longtemps. La fille, en effet, lui avait avoué en rigolant qu'à part le jambon-beurre, la bouffe c'était pas sa tasse de thé et, jusqu'ici, chaque fois que JHV s'était mis aux fourneaux, tout le monde, ensuite, avait dû aller au restaurant. Mais Franck ayant imprudemment signalé qu'il adorait les crêpes, les deux invités avaient insisté pour se lancer dans cette opération risquée mais, selon eux, réalisable. La soirée menaçait donc d'être surprenante.

Bien sûr, si Clémentine était là le problème ne se poserait pas : les crêpes auraient toutes un goût délicieux. Fourrées aux champignons, au miel, ou, surtout, à la fleur d'acacia, sa spécialité. Mais puisqu'elle était restée à Paris...

Lorsqu'il arriva à la maison, une épaisse fumée sortait de partout à la fois, et, étant donné le silence inquiétant de la vigne vierge, il semblait évident que les oiseaux terrorisés avaient tous choisi l'exil. Il ne put s'empêcher de maugréer : « Je vois, la moitié des crêpes a cramé et l'autre est tombée par terre, c'est parti pour le jambon-beurre ! » En effet, Jean-Hugues et Joanna, pleins de sucre et de farine, débordant de bonne volonté mais dépassés par les événements, couraient en toussant du fourneau à la table et d'une poêle à l'autre. Franck eut l'impression d'être au bord du Vésuve juste avant une éruption. Il passa donc discrètement en expliquant qu'il allait se changer et monta dans sa chambre.

Depuis dix minutes il triturait son portable, marchait nerveusement de long en large, donnait des coups de pied dans le lit en passant. DEUX SEMAINES SANS NOUVELLES ! Et les ahuris, en dessous, avec leurs crêpes ! Enfin quoi, en quinze jours, il était bien arrivé quelque chose ! Georges pourrait quand même le tenir au courant. Ne serait-ce que pour dire des phrases banales : « J'ai vu untel, j'attends sa réponse », mais non, rien ! Exaspéré, il fit le numéro de son agent !

Soudain pris de panique devant cette sonnerie indifférente, il coupa.

À 50 berges, avoir peur de parler à son agent !

« Et cette fumée qui monte jusqu'aux chambres ! C'est incroyable qu'une soirée-crêpes puisse ressembler à un incendie dans les pinèdes ! Manque plus que les canadairs ! Je vais aller balancer leurs crêpes dans la mare aux nénuphars, au moins ça fera plaisir aux grenouilles » !

Mais il n'en fit rien. Se laissa tomber dans un fauteuil. Qu'est-ce que Clémentine pouvait bien foutre à Paris ? Les médias, les médias ! On n'a pas besoin de tout ce temps pour rencontrer des journalistes ! Du coup, il plongea dans de sombres réflexions. « J'espère que ce n'est pas à cause de Christophe Nolan, ce pervers. Ah celui-là, avec sa façon de la scruter, on dirait qu'il lui fait un scanner. Quelle dégoûtation ! Elle ne peut pas être intéressée par un type aussi repoussant. Il écrit de bonnes chansons, ok, mais, par ailleurs, c'est un handicapé : il est moche ; petit ; ce qui ne l'empêche pas d'être gros. Ma fille peut coucher avec qui elle veut, je suis large d'esprit, mais pas avec ce tonneau sur pattes, ce serait contre-nature ! Est-ce que la biche couche avec le calamar ? Cela dit, j'ai tort de m'en faire, je la connais, une chose aussi lamentable est impossible. Je pourrais l'appeler et lui demander de venir ? Deux heures de voiture c'est rien. D'un autre côté, elle est restée à Paris pour s'occuper de moi... »

Joanna décorait la table avec des fleurs rouges cueillies dans la pâture, en expliquant que, vu le foncé du bois, seule cette couleur pouvait ressortir. Franck resta indifférent au côté esthétique de cette histoire de fleurs à la con et se servit, sinistre, un grand verre de limonade dégueulasse.

JHV avait porté aux Dumontier la totalité des crêpes, toutes calcinées, pour qu'ils les donnent aux cochons, l'horrible odeur de brûlé avait été chassée en ouvrant les fenêtres et en vaporisant de l'Oddo-Lavande-Plus. Dans une grande marmite en cuivre, datant sûrement du Moyen-Âge, chauffaient deux grosses boîtes de cassoulet William Saurin. On pouvait donc envisager un festin meilleur que le fait-maison prévu.

Au bout d'un moment, tous trois installés près de la cheminée, Joanna, histoire d'entretenir une conversation languissante, demanda à Jean-Hugues quel était sa profession. Dépassé par la question, le garçon s'enferma dans un silence farouche. Franck vint à son secours :

– Il écrit un book.

– C'est-à-dire, commença JHV...

Il s'arrêta net. Les autres le fixaient, attentifs. Il supportait déjà mal d'avoir à parler mais davantage encore d'être le point de mire d'une assistance.

– Oui ? insista Joanna.

– J'ai arrêté. Je crois qu'écrire, c'est pas mon taf.

– Ah ? fit Franck, d'une voix neutre, et ce serait quoi, ton taf ?

– J'ai pensé... enfin, peut-être... Marin, je crois que c'est pour moi.

Son père hésita entre renverser la table ou pousser son fils dans la cheminée. À regrets, il opta pour un comportement plus classique :

– Tu aurais peut-être pu persévérer dans l'écriture ?

– J'y arrive pas. J'ai essayé, c'est la tasse. Mais marin, je me suis renseigné, pour être radio sur un chalutier, c'est juste deux ans de formation.

– Radio sur un chalutier ?

– Ben oui.

Que répondre ? Comment ajouter un seul mot sans provoquer une implosion familiale ? Ce gugusse sur un chalutier ! Lui, Franck Villemin, qui aurait tellement souhaité avoir un fils bourré de personnalité ! Un fils qui aurait au moins essayé d'être un grand peintre, un grand ministre, un grand écrivain – ou même un grand gangster – voilà qu'il se retrouvait avec un demeuré dont la seule ambition était de prendre un micro pour parler de morues et de harengs !

Percevant la tension, Joanna se hâta de changer de sujet et demanda à Franck s'il avait des nouvelles de sa maquette ?

La question prit le chanteur au dépourvu autant que celle posée à Jean-Hughes. Elle le faisait exprès ou quoi de poser des questions idiotes ? Cette fille était une véritable nullité ! Une injure à l'intelligence humaine ! Non seulement elle ne savait pas faire les crêpes et couchait avec n'importe qui, mais, en plus, elle ne formulait que des questions stupides ! Des questions inutiles ! Il n'avait aucune nouvelle de sa maquette !!!

Il eut l'impression d'avoir hurlé cette dernière phrase. Il avait hurlé ou non ? Les autres le dévisageaient avec des mines de stupéfaits.

– C'est pas la peine de crier, dit Joanna, je ne vois pas où est le problème. Si tu veux savoir ce qui se passe, appelle Tommaso, tu seras fixé.

D'un seul coup Villemin prit conscience que cette sombre andouille avait raison. D'où lui venait cette peur ridicule ? Pourquoi attendre bêtement ? Parce qu'il avait promis de ne pas appeler son agent ? Un coup de téléphone en quinze jours, c'est supportable, non ? Cette initiative ne signifiait quand même pas qu'il fallait d'urgence l'hospitaliser !

– Tu veux que je le fasse ? proposa Joanna.

– Je suis énervé mais pas impotent ! Je vais l'appeler de ma chambre, je serai plus tranquille.

Une fois seul, assis sur le lit, Franck hésita un instant, puis, prenant une large respiration, composa le numéro. À sa grande surprise, au bout du fil, il trouva un Tommaso tout joyeux. « J'allais justement t'appeler. J'attendais d'avoir le dernier résultat et voilà qu'il vient d'arriver : positif, mon vieux, hyper positif. »

Au son de cette voix chaleureuse, annonçant la nouvelle tant attendue, le chanteur se détendit soudain. Et voilà ! C'était réglé.

– 'Positif', ça veut dire quoi, exactement ?

Georges expliqua qu'il avait contacté toutes les boîtes importantes, que dans chacune – tu sais comment ça se passe – des directeurs artistiques étaient favorables à leur projet, d'autres, au contraire... enfin, bref, c'est toujours la même histoire, si tu fais la liste des pour et des contre, sans oublier ceux qui ne se mouillent pas, compte tenu de ce qu'est devenu le métier depuis qu'on peut télécharger des chansons gratuitement…

En écoutant ces explications embrouillées, Villemin se demanda où se situait le côté positif de l'affaire ? Qu'est-ce qu'il racontait l'autre ? C'était oui ou c'était non ?

– Franck, les choses ne sont pas aussi simples, et…

– OUI ou NON ?

Renonçant à finasser, l'agent avoua la vérité : en ce qui concerne la maquette c'était non. Aucune Major Compagnie n'était intéressée. En revanche, et c'est une super idée positive…

Mais le chanteur n'écoutait plus. Après un long silence, il demanda d'un ton faussement détaché :

– Que disent-elles, ces Majors qui me refusent ? C'est mauvais ? Démodé ?

– Qu'est-ce que tu vas chercher ? Ils trouvent ça bon, très bon, mais...

– Mais ils ne cherchent pas quelque chose de bon, ils préfèrent du mauvais. Puis-je savoir pourquoi, malgré tout, c'est positif ?

– Ils seraient tous d'accord – mais alors tous – pour sortir une compilation de tes succès, en duo avec des jeunes, et...

– Pas question de jouer les has-been ! Je veux des chansons nouvelles pour un chanteur d'aujourd'hui !

– Je t'assure, le principe du duo serait rentable et…

– Va te faire foutre, Georges !

12

Joanna Conti adorait le moment où l'hiver commence à s'installer. On bascule alors dans un autre monde. Dans les rues, les gens ont le nez rouge, doublent de volume à coups de vêtements, marchent plus vite et enfoncent la tête dans leur écharpe en ronchonnant : « Ça y est, c'est reparti ! »

Pour elle, au contraire, pas question d'être gênée par la température. C'était toujours un plaisir, chaque année, de mettre pour la première fois de la saison un gros pull au lieu d'un tee-shirt et d'enfiler le blouson fourré à la place de la veste légère. Un plaisir aussi intense, d'ailleurs, que celui éprouvé au printemps quand la chaleur revient enfin et qu'on ressort ses robes courtes. « C'est simple, disaient, agacés, ses amis : t'es toujours contente ! »

C'est vrai, Joanna trouvait du charme au soleil et à la pluie, adorait le sucre autant que le sel, la Laponie comme le Sahara et si elle préférait le jus d'orange au vin rouge, c'est bien parce que l'être humain recèle des mystères insondables.

En fait, elle était douée pour le bonheur. Il y a des êtres comme ça. Beaucoup d'autres pensent qu'ils seront heureux quand ils auront découvert l'amour, la fortune, un nouvel appartement, un nouveau boulot. Grave erreur. La joie de vivre est un don. Comme une jolie voix ou un bon physique. Quand on possède ce don on est heureux avec ou sans amour, avec ou sans argent.

Joanna aurait pu être heureuse en prison.

Ce cadeau de la nature avait exaspéré plus d'un amant, car, pour le Cro-Magnon de base, obsédé par le fric et le job, il est parfois difficile de supporter à ses côtés une fille qui est toujours en train de voir la vie en rose. Cela peut même devenir insupportable. Mais en ce moment précis la jeune femme estimait que personne ne pouvait l'accuser d'être heureuse sans raison valable. N'importe qui serait de son avis.

D'abord, elle était amoureuse de Franck Villemin.

Profondément amoureuse.

La surprise !

L'être humain est déconcertant : on couche avec un type par hasard, on décide de le revoir parce que c'est rentable pour sa propre carrière et on se retrouve avec le cœur atteint ! Allez comprendre. On peut même dire, sans exagérer, qu'il s'agit là de la preuve indiscutable de l'existence de Dieu. Car, tout de même, commencer par jeter sous la couette un homme et une femme indifférents l'un à l'autre, leur injecter sournoisement une dose d'arrivisme pour qu'ils restent ensemble et terminer par l'Amour ! Seul Dieu est capable de desseins aussi impénétrables. Des êtres humains, dotés ne serait-ce que d'un minimum de raison, ne pourraient pas se comporter avec autant d'incohérence.

Ensuite, autre bonheur valable, Joanna venait de terminer l'enregistrement de son deuxième album. Le premier s'était pris un bide, oublions. Cette fois, l'affaire partait dans une autre direction. D'ailleurs, Béranger Morel, son directeur artistique chez World Music, n'arrêtait pas de lui seriner qu'elle allait 'cartonner'. Et Béranger Morel c'était quelqu'un dans le showbiz. À la base d'au moins quinze tubes, peut-être vingt !

« Un tel professionnel qui dit que je vais cartonner ça signifie quelque chose, non » ?

Joanna marchait donc dans une rue glaciale, pleine de gens au nez de clown, en ressassant : « Je vais faire un tube, je vais faire un tube ! » Soudain, malgré le froid, la chaleur lui parut si insupportable qu'elle enleva son blouson fourré. Elle dégoulinait de transpiration. Tout le monde disait que *L'Oasis* allait marcher. C'est Éric Laurier qui en était l'auteur mais c'est elle qui avait trouvé le titre. La chanson s'appelait au départ *Mon amour du bout du monde*. Nul ! *L'Oasis*, répéta Joanna, ça sonne bien et c'est court. Ça pourra être en gros caractères sur les affiches. Très important que les caractères soient gros. Elle remit son blouson. Juste avant la gloire pas question d'attraper une bronchite.

Mais l'amour et le succès, n'était-ce point trop ? Elle décida unilatéralement que non.

Même si, en plus, s'y joignait l'argent ?

Elle pourrait supporter.

13

De retour à Paris, il fallut une semaine à Franck Villemin pour se remettre du coup asséné par les Majors Compagnies. Mais certaines semaines contiennent plus de sept jours et certains jours plus de vingt-quatre heures. Pendant cette période sinistre Clémentine n'eut qu'une grande peur : que son père recommence à boire. Elle venait donc le voir, à l'improviste ou en prévenant, le matin, l'après-midi, le soir, n'osant pas le déranger en pleine nuit. Quand son travail de journaliste l'empêchait de passer, elle lui envoyait un mail, un texto, une carte postale, juste pour dire : « Je t'aime, je pense à toi ». Franck la voyait la plupart du temps avec plaisir. Mais parfois, agacé par cette surveillance permanente, s'énervait, lui faisant remarquer brutalement que c'était lui le père et qu'il se débrouillait déjà fort bien dans la vie alors qu'elle passait son temps vautrée dans un berceau, à faire pipi dans ses langes et à suçoter son biberon. Plusieurs fois le ton était monté si haut qu'il avait fini par la flanquer dehors.

Clémentine ne se formalisait pas et revenait en souriant. Un soir, jetée sur le palier, elle s'installa sur le paillasson, devant la porte fermée. Toutes les dix minutes, elle sonnait. Il avait tenu deux heures avant de la faire entrer. Une autre fois, éjectée à nouveau, elle alla frapper chez la voisine et enjamba son balcon pour atteindre celui de son père. Madame Thévenet, affolée, alerta Franck en hurlant à travers sa porte :

– Monsieur Villemin ! Votre fille va tomber dans la rue ! Faites quelque chose !!!

Quand le chanteur la vit, au huitième étage, agrippée à une gouttière, tentant de passer d'un balcon à l'autre, c'est lui qui faillit tomber par-dessus la barre d'appui. Il voulut crier : « S'il te plaît, arrête ton cirque ! » Mais sa voix refusa de fonctionner. Clémentine, en le découvrant, se contenta de dire :

– Attends-moi, j'arrive dans dix secondes.

Incapable de contempler davantage ce spectacle hallucinant, Franck s'était affalé sur un siège, s'épongeant le front, ne pouvant plus respirer, persuadé qu'une crise cardiaque se préparait, attendant la sirène inéluctable des pompiers, du Samu, de la police, quand soudain, après une éprouvante minute, sa fille, passant par la fenêtre était entrée dans la pièce en disant : coucou !

Une heure dans les bras l'un de l'autre !

D'abord sans parler, en pleurant.

Puis en parlant et en pleurant.

Puis en parlant sans pleurer.

Une heure qui avait servi à éclaircir la situation.

– Ma petite fille, je te jure que je ne boirai plus, même si j'ai des problèmes avec le métier, même si, un jour, je décide d'abandonner. Cesse de te faire du souci, c'est beaucoup plus facile pour moi, maintenant. Regarde, mes mains tremblent moins, mes trous de mémoire disparaissent...

Elle ne comprenait pas grand-chose à ce qu'il racontait. Elle était dans ses bras, comme quand elle était gamine, et cela seul comptait. Ce n'était pas des phrases qui tombaient de la bouche de son père mais des petites notes. Les paroles ne sont pas importantes, c'est tellement mieux la musique.

*

Pendant cette semaine de déprime, Franck avait refusé de rencontrer qui que ce soit.

À part Clémentine, bien entendu.

Et Joanna.

Encore que la jeune chanteuse ne fut supportée qu'une seule fois en sept jours. Au-delà il l'aurait giflée. Son aptitude au bonheur était intolérable. Comment pouvait-on, à ce point, ne pas se sentir concerné par les guerres, le chômage, la pollution, les maquettes refusées ? Il en venait, parfois, à penser que ce serait un service à lui rendre que de l'accrocher à une branche d'arbre, par les pieds, le visage badigeonné de confiture, juste au-dessus d'un nid de guêpes. Là, Joanna prendrait enfin conscience qu'il y a dans la vie des moments difficiles et qu'on ne peut pas rigoler tout le temps.

Au cœur de cette solitude, Villemin se triturait souvent l'esprit pendant des heures pour essayer de comprendre pourquoi le showbiz le refusait de cette façon si grossière. Parce que, tout de même, après avoir vendu des millions d'albums, après être passé huit fois en vedette à l'Olympia, qu'on l'empêche aujourd'hui de faire un nouveau disque était quasiment de la goujaterie.

Peu à peu, pourtant, il découvrait une constante à sa vie : il était un quitté, un abandonné, un repoussé. Toutes les femmes qui avaient vraiment comptées pour lui : enfuies, disparues !

Sa première épouse, la mère de Jean-Hugues, partie avec son coiffeur ! Il avait refusé d'y croire jusqu'à ce que son fils lui certifie que c'était bien le beau-père qui lui coupait les cheveux dans son salon de coiffure.

La mère de Clémentine, elle, n'était pas partie avec un autre homme, elle avait préféré se lancer dans une analyse. Depuis, plus de vie commune avec qui que ce soit ! Entre deux maux, elle avait choisi de parler à un psy plutôt qu'à un mari.

La troisième et la quatrième épouse, bof, plus ou moins le même scénario.

Pourquoi ces ruptures ? Franck Villemin comprenait mal : « Ce n'est quand même pas l'enfer d'être mariée à un homme amoureux, célèbre, riche ! »

En y réfléchissant, il se disait que la cause était sûrement sa carrière. Emporté constamment par avions, trains ou voitures, il ne stationnait que rarement dans le foyer conjugal. Alors, bien sûr, on pouvait imaginer qu'une jeune femme ait envie de partager ses cornflakes du matin avec un être réel plutôt que d'attendre, seule, le coup de fil de l'homme virtuel.

Et maintenant, après avoir créé autour de lui un immense vide sentimental, voilà que ce putain de métier le quittait aussi !

14

L'avis de Christophe Nolan était péremptoire : Franck Villemin devait se battre. Les Majors Compagnies le refusaient ? Fallait faire une production indépendante. Le chanteur se sentait dépassé par cette suggestion. Se battre ? Contre qui ? Où est l'ennemi ? Pour lui tout avait été facile pendant vingt-cinq ans. Un bon physique, une belle voix, un contrat obtenu rapidement, un premier disque qui marche, un deuxième, un troisième, etc. Vingt-cinq ans d'assistants, de managers, de directeurs artistiques, une véritable tribu s'occupant de tout : du choix des restaurants, music-halls, auteurs, jusqu'à la tasse de café qu'on vous pose sous le nez « Avec deux sucres, monsieur Villemin, comme vous aimez. »

– Christophe, j'ignore ce qu'est une production indépendante.

– Tu payes toi-même l'enregistrement : musiciens, arrangeur, studio. La maison de disques ne s'occupe que de la distribution. Cette fois, on en trouvera facilement une, son investissement étant négligeable.

Clémentine estima que c'était une idée géniale. Joanna proposa d'en parler à Béranger Morel, son directeur artistique chez World Music, en ajoutant, toute joyeuse, que ce serait vraiment super s'ils étaient tous les deux dans la même boîte. JHV se contenta de murmurer dans l'indifférence générale : « T'aurais mis un rap sur la maquette, on n'en serait pas là. »

Franck se sentait plein d'hésitation. S'occuper de l'intendance ? Régler des détails de rien du tout comme louer un studio d'enregistrement, payer des musiciens, remplir des papiers ? On lui décrivait une autre planète que la sienne. Pourrait-il s'adapter à ces contrées inhospitalières ? La pesanteur y est-elle la même que sur terre, peut-on y respirer normalement ?

– Tu veux que je m'occupe de tout ? suggéra l'auteur. Tu n'auras qu'à chanter. Et payer.

Franck se sentit mieux. S'il n'avait que ça à faire…

Le lendemain, ils étaient chez un arrangeur coté, Sylvain Philippi, qui trouva toutes les chansons de la maquette extraordinaires, démentes, fabuleuses, mais que *Lune verte et soleil bleu*, alors là, c'était LE tube !

Quinze jours plus tard, tous se retrouvèrent en séance d'enregistrement. Franck Villemin se laissait porter par les événements. Il avait l'impression, comme autrefois, d'être pris en charge : Christophe s'occupait de tout. Par ailleurs, le fait de produire lui-même son album était finalement une excellente idée. De cette façon, en effet, le choix des chansons lui incombait. Il n'avait pas à tenir compte de l'avis d'un directeur artistique qui croit savoir, mieux que tout le monde, ce qui va marcher et se trompe trois fois sur quatre.

Une semaine après, grâce à l'entremise de Joanna, la firme World Music acceptait de distribuer le disque. Sortie prévue dans un mois. Franck n'en revenait pas. Alors se battre c'était ça ? Des batailles pareilles il se sentait capable d'en gagner deux mille. À partir de maintenant-dorénavant-tout-de-suite il allait renaître. Ce ne serait plus ses antiques succès qui passeraient à la radio, à la télé, etc., mais *Lune verte et soleil bleu*, chanson nouvelle interprétée par un chanteur en super forme ne buvant que de l'eau plate !

Il se sentait confiant : entre le public et lui, il y avait toujours eu une histoire d'amour. Avec des hauts et des bas, comme dans toutes les affaires de cœur. Mais quand les rapports ont été privilégiés, il en reste souvent quelque chose de fort, et nombreuses sont les liaisons terminées qui recommencent un jour.

Les amoureux allaient forcément se retrouver.

15

Le week-end suivant, afin de fêter l'enregistrement, Frank décida que tous se retrouveraient à la Maison-Pommes : lui et Joanna ; Sylvain Philippi, l'arrangeur, et sa femme ; JHV ; Béranger Morel, le directeur artistique ; et bien sûr Christophe scotché à Clémentine. C'est la première fois que le jeune auteur était invité en Normandie et sa copine, toujours aussi mal à l'aise à l'idée de présenter un amant à son cher papa, avait de nombreuses fois tenté, discrètement mais fermement, de le dissuader de venir. En vain. Christophe Nolan estimant être à la base de l'affaire tenait absolument à faire partie de ce week-end 'métier'.

En râlant Clémentine s'était sentie obligée d'accepter.

Dès leur arrivée, Béranger s'extasia sur l'odeur de pommes qui envahissait toute la maison ; Sylvain Philippi, ayant scruté le ciel d'un air connaisseur, en conclut que le temps était à la neige ; son épouse estima qu'un endroit pareil pouvait être qualifié de divin, « N'est-ce pas Jean-Hugues » ? JHV répondit « Ben oui » et Christophe, en grande forme, suggéra qu'ils devraient, tous ensemble, rentrer les choux d'hiver afin de leur éviter les premières gelées. Joanna, elle, à l'idée de passer deux jours entiers avec Franck, se sentait si heureuse que, pour un peu, elle aurait pu traverser la mare aux nénuphars sans toucher l'eau ! D'autant plus que son CD sortait dans une dizaine de jours, que dorénavant Franck Villemin et Joanna Conti étaient dans la même firme de disques, avaient le même directeur artistique, donc ils se verraient souvent ! Elle atteignait les sommets du bonheur. Du coup, pour que les animaux participent aussi à cette merveilleuse fête, elle avait été faire des bisous aux vaches, à l'âne et aux moutons.

Quand les invités eurent fini de s'extasier sur le charme époustouflant de la nature et le goût bio de l'eau du puits, ils passèrent le reste de la journée, enfermés, à boire du calva tout en parlant chansons.

En fin d'après-midi, alors que Clémentine et Christophe, dans le potager, arrachaient courageusement les choux, histoire de prendre l'air, la fille expliqua au garçon, avec le plus de désinvolture possible, que le soir il ne serait pas question qu'ils dorment ensemble. Le jeune auteur en resta suffoqué. Chacun sa chambre ? À Paris, quand ils se voyaient, Clémentine était tendre, se collait à lui pour un oui ou pour un non et même sans oui et sans non.

– C'est quoi, ces cachotteries ? Quand vas-tu te décider à parler de nous à ton père ?

– Jamais.

Christophe hésita. Que faire ? Foutre le camp ? Discuter ? Dans le fond, tout est négociable.

– Je voudrais quand même bien savoir pourquoi...

– C'est comme ça.

Lui balancer une tarte ? La foutre dans les orties ?

Après avoir vite fait le point et s'être rappelé que l'affaire du CD de papa était aussi en jeu, il se contenta, avec une mine de dépressif, d'accepter, provisoirement, le principe du 'chacun sa chambre' et retourna à la terre.

Clémentine l'observa un moment et se dit qu'il avait une façon stupide d'arracher les choux.

*

C'était la nuit. La Maison-Pommes dormait, protégeant les visiteurs d'un soir de ses gros murs apaisants. Au grenier, maintenant comme toute l'année, des pommes, posées sur des claies, achevaient de mûrir. Ce sont elles qui donnaient à chacune des pièces cette odeur, étrange et entêtante, que les nouveaux arrivants ne parvenaient pas toujours à identifier immédiatement.

Quand Clémentine était petite, dès qu'elle descendait de voiture, elle fonçait comme un missile à tête chercheuse, attendait impatiemment qu'on lui ouvre la porte, entrait à toute allure dans la maison, respirait à pleins poumons le parfum des pommes, puis grimpait vite au grenier pour voir si on ne lui avait pas volé ses fruits. Chaque fois, cela faisait rire toutes les personnes présentes. Sauf Franck. Qui pensait déjà que sa fille était la plus intelligente du monde, la plus belle du monde, la plus drôle du monde, et que tout ce qu'elle faisait n'avait rien de risible.

Au départ, cette vieille ferme s'appelait *La Pommeraie*. Mais la gamine ne parvenait pas encore à prononcer le mot *Pommeraie*. Elle avait, rapidement, réglé le problème en disant : « Maison où y'a pommes. » L'idée avait plu aux parents et le nom, embelli, avait été conservé.

Pour Franck et Clémentine, cette demeure était plus qu'un ensemble de pierres et de colombages : c'était comme une mère qui rassure les inquiets et soigne les blessures. Les visiteurs, eux, la prenaient pour une résidence secondaire.

16

Les deux semaines précédant la sortie de l'album passèrent à toute allure : tournage du clip, séances de photos, interviews, et surtout, répétitions régulières avec des musiciens. En effet, Franck Villemin tenait à remettre au point son tour de chant afin d'être prêt pour des concerts.

Le service promotion de World Music obtint une interview sur France 3, plusieurs articles importants dans des quotidiens, et même un reportage d'une page dans l'hebdomadaire *Santé Plus*. Quelques personnalités y commentaient gravement le retour de l'ex-star. Notamment le célèbre professeur Chollet qui, faisant un parallèle entre la musique et l'alcool, expliquait que c'était en fait la même chose : une sorte de compensation psychologique et que si Villemin recommençait à chanter, ses chances étaient grandes de ne plus boire.

La Ligue *Les Anciens Buveurs Reconvertis* réagit vigoureusement sur Internet en faisant remarquer qu'il était léger de mettre dans le même sac musique et alcool, que si chanter ou boire étaient des compensations comparables, en conclusion, quand on avait le blues mais pas de voix, il fallait picoler. Cela pouvait donc inciter les jeunes à confondre rock et whisky. Le professeur Chollet répondit que ce n'était pas ce qu'il avait voulu dire. La Ligue rétorqua que s'il s'exprimait d'une façon aussi nébuleuse, son intérêt serait peut-être de délaisser l'alcool et de se mettre au rock.

Franck fut ravi de cette polémique qui lui offrit une publicité inattendue. Il se sentait revenir à la grande époque, quand il était heureux de vivre, n'avait jamais une minute à lui et que ses quatre épouses successives disaient la même chose : « J'te vois jamais. »

Au moins, ce problème ne se poserait pas avec Joanna : le travail allait les rapprocher. En effet, leurs albums, à une semaine près, avaient la même date de sortie et ils envisageaient avec plaisir d'en assurer ensemble la promotion.

– Et même, disait la chanteuse, on pourrait faire une tournée commune ?

– Ce serait génial ! Et si, pour notre prochain CD, on faisait un titre en duo ?

Alors elle se jetait dans ses bras. Il l'embrassait, la serrait, la cajolait, et lui qui n'avait jamais pu vivre plus de trois ans avec la même femme, se disait : « Elle est bien, cette petite, je vais la garder. Faut que je ne lui donne aucune raison de me quitter. Ni pour un coiffeur, ni pour un psy. »

Dès que le single fut envoyé aux radios comme aux télés, Franck Villemin ne parvint plus à se détendre. Ne pensant qu'à une chose : quel était l'accueil des professionnels, puisqu'il fallait d'abord en passer par eux ? Il appelait sans cesse World Music, demandant à Isabelle Bernou, la directrice de promotion, quelles étaient les réactions et, comme elle disait toujours : « Aucune réponse pour l'instant », il insistait chaque fois pour savoir si son CD avait bien été envoyé à Europe 1, RTL, NRJ, France-Inter, TF1, Virgin…

– Évidemment, coupait Isabelle, agacée, j'ai 35 balais, voilà huit ans que je fais de la promo, je ne vais pas oublier des trucs aussi basiques. Je te l'ai dit quarante fois : faut attendre une quinzaine de jours pour savoir comment ton disque est accueilli par le métier.

« Attendre, toujours attendre ! Que l'album soit fabriqué, que les professionnels l'écoutent, que la promotion commence ! Pourquoi pas attendre de savoir s'il y a de l'eau sur Jupiter ? »

Attendre est une chose qu'il n'avait jamais su faire. D'ailleurs, c'est une chose qu'il n'avait jamais faite. Du moins, sans en être tout à fait sûr, il lui semblait qu'avant, ça se passait autrement : il enregistrait son disque, on l'entendait tout de suite et les acheteurs se précipitaient. Tandis que, cette fois, il avait beau écouter toutes les stations : on n'entendait jamais *Lune verte et soleil bleu.* Parfois une de ses vieilles chansons remontant au Déluge. Mais le nouveau titre, non.

Il rappelait Isabelle Bernou et, en tentant de se contrôler le plus possible, l'assurait avoir compris : faut attendre. « Mais à part ça, sincèrement, tu crois toujours que je vais me retrouver au Top des Ventes » ?

– Je n'ai jamais dit une chose pareille, Franck. Je fais le maximum en ce qui concerne la promo mais le reste, échec ou succès, ce n'est pas moi qui décide. Ce sont d'abord les professionnels, ensuite, le public.

Cette pénible l'exaspérait. Certains jours, il l'aurait insultée avec plaisir, frappée avec joie ! Il l'aurait même voluptueusement découpée à la tronçonneuse. Pour manque d'enthousiasme ! Tout le monde disait que *Lune Verte* allait marcher ! Et elle, avachie sur son fauteuil directorial, aussi dynamique qu'un plat de nouilles, ânonnant : « On verra, patience, c'est vite passé quinze jours. » Il respirait à chaque fois un grand coup pour ne pas exploser et terminait en disant à ce mollusque : « Ok, on se rappelle » et se résignait à raccrocher.

– Ouf ! faisait Isabelle. Il me pompe, celui-là, mais il me pompe !

17

La situation, peu à peu, se précisa :

RTL n'aimait pas la chanson.

Europe 1 non plus.

France Inter la passerait 'parfois'.

NRJ ne la passerait pas du tout.

Les stations FM étaient partagées mais, de toute manière, peu emballées.

Les chaînes de télévision, elles, expliquaient ne pouvoir programmer *Lune verte et soleil bleu* dans une émission de variétés que si le titre démarrait d'abord en radio. Impossible si personne ne l'entend.

Chaque jour apportait sa mauvaise nouvelle et Franck Villemin comprenait de moins en moins. Comment cela était-il possible ? Refuser de le diffuser ? Le diffuser un peu ? Pour quelle raison ? La chanson était nulle ? Sa voix ressemblait soudain à une sirène d'alarme ?

Isabelle Bernou n'osait pas lui rapporter ce que les professionnels disaient : « C'est pas mauvais, mais c'est ringard » ; « C'est bien mais il ne se renouvelle pas. » Comment répéter des phrases aussi meurtrières ? Pour tenter de lui remonter le moral, elle promit que World Music ferait le maximum pour qu'il obtienne une ou deux grandes télés nationales et quelques locales.

Mais Franck n'écoutait plus. Il venait de comprendre. Dans ce bureau bourdonnant d'activités, envahi de sonneries de téléphone, d'assistantes entrant et sortant, on lui donnait l'impression d'exister, on faisait semblant de le considérer comme un être vivant mais, en fait, il était tombé au niveau de la fourmi : on l'écrase sans même s'en rendre compte.

– Je vais aller à la Maison-Pommes, bredouilla-t-il soudain au milieu d'une phrase d'Isabelle.

La jeune femme le contempla avec étonnement. Curieux type, vraiment. Dénué de clairvoyance. Incapable de se contrôler. Du coup, une fraction de seconde, Isabelle sentit son passé lui revenir. Adolescente, elle avait adoré Franck Villemin, achetant ses disques, allant le voir en concert, hurlant au milieu d'autres groupies. Qu'il était séduisant en ce temps-là ! Qu'il était beau ! Et, récemment, quelle joie d'apprendre qu'ils allaient travailler ensemble. Puis quelle déception. Son inquiétude forcenée l'agaçait, son impatience l'exaspérait. Encore une star qu'il valait mieux voir de loin. Pourtant, là, le désagréable se rachetait en devenant l'enfant qui crie parce qu'il a mal. Isabelle décida qu'elle l'aimait mieux en blessé qu'en blessant.

– Bonne idée, aller à la campagne te fera du bien.

Et elle ajouta, sans bien savoir pourquoi :

– Si tu permets, j'irai te voir dimanche. Nous ferons le point. Tranquillement.

Mais Franck s'éloignait déjà…

– D'accord ? insista Isabelle Bernou, je peux venir ?

– Va te faire foutre.

*

Le soleil était absent, l'air irrespirable, et Clémentine Villemin fonçait comme une hors-la-loi qui aurait eu toutes les polices du monde à ses trousses. Son père était chez lui, à Paris, et appelait au secours. Ce n'était ni le moment de s'arrêter aux feux rouges ni celui de respecter la limitation de vitesse. Le tas d'acier qui l'enveloppait semblait vouloir se désintégrer à chaque virage et ses pneus lançaient des hurlements de bêtes fauves. Elle ne croisait, sans les voir, que des piétons stupéfaits et des pigeons affolés.

Franck regardait ses mains posées sur la table. C'est sûr, même à plat sur le bois elles tremblaient. Il ne pourrait pas conduire jusqu'à la Normandie.

Être calme. Voilà le secret : être calme. Contrôler la situation. Mais comment empêcher ce visage d'être en sueur, ces pieds de se crisper dans les chaussures et cette mâchoire de trembler ?

Clémentine ouvrit la porte brusquement.

– Empêche-moi de boire, dit son père.

Elle monta sur ses genoux, se mit entre ces bras qui ne pouvaient plus serrer, contre ce corps qui tremblait, et dit, d'une voix douce, de toutes petites choses, des choses de rien du tout :

– Ça va aller. Je suis là. Détends-toi. Respire bien.

Puis, après avoir parlementé, elle l'aida à prendre l'ascenseur, à s'installer sur le siège arrière de la voiture pour qu'il puisse s'allonger si l'envie lui en venait, posa une couverture sur ses jambes et démarra.

Avec les kilomètres, le soleil revenait peu à peu, l'air était plus respirable, et Franck se dit que tout allait forcément s'arranger puisque l'oiseau-soleil était près de lui et qu'ils allaient ensemble à la Maison-Pommes. Là-bas, c'était le Pays des Merveilles : aucun être humain. Que des grenouilles et des oiseaux.

18

Joanna Conti avait l'impression de vivre un conte de fée juste au moment le plus beau : celui où la baguette magique de la fée Clochette transforme l'horrible asticot en Prince Charmant. Son premier CD était passé inaperçu et voilà que le deuxième démarrait à toute allure. En douze jours, cinquante mille exemplaires vendus ! *L'Oasis* trônait dans les vingt meilleures ventes et, aux dires de tout le monde, grimpait vers le sommet.

Ce titre allait-il vraiment cartonner ? Elle en perdait le sommeil. Comment dormir quand on est en train de devenir célèbre ? Ses journées se passaient en interviews, séances de photos, répétitions pour la télé, dédicaces dans les grands magasins et, merveilleuse, suprême extase, on commençait à la reconnaître !

Dans la rue.

Au bistrot.

Chez les commerçants.

Souvent les gens ne la situaient pas tout de suite. Elle devinait, aux regards coincés, que certains se disaient : « Je l'ai déjà vue celle-là, mais c'est qui ? »

Parfois, l'un d'eux, retrouvant la mémoire, osait lui demander : « Vous ne seriez pas Joanna Conti ? »

Elle l'aurait embrassé !

Décoiffé !

Gratouillé !

Mais se contentait de répondre modestement : « Si, c'est moi, *L'Oasis* ». Et elle donnait des autographes. Sur n'importe quoi : paquets de cigarettes, serviettes de table en papier, tickets de métro. Une fois, même, sur un billet de dix euros. Le jeune admirateur, l'œil mouillé, avait juré : « Je le dépenserai jamais ». La fille s'était dit que s'il tenait parole quinze jours, ce serait déjà bien.

Elle, qui avait déjà tendance à voir la vie en rose, planait en ce moment au-delà du bonheur. Le mot bonheur ne convenait pas : il rapetissait la situation. Tout le monde peut être heureux un jour ou l'autre, pour des raisons diverses (on rencontre l'amour, on gagne au Loto, votre ex se fait plaquer) mais ce qu'elle ressentait en cette période était… comment trouver la formulation exacte ? À un animateur de télé qui, justement, lui posait cette question :

– Joanna Conti, devant ce démarrage foudroyant, que ressentez-vous ?

La jeune femme, ayant enfin trouvé la juste image, avait répondu :

– Je me sens en accord avec le cosmos.

L'animateur, interloqué, s'était contenté de dire au hasard :

– Merci pour votre franchise, Joanna.

Aussi, quand Franck, au téléphone, lui proposa de venir le rejoindre pour quelques jours à la Maison-Pommes ce fut comme si elle avait été en train de faire l'amour et que le voisin vienne frapper à la porte pour dire : « Excusez-moi, vous n'auriez pas un peu de sel ? »

Quitter Paris en ce moment ? Alors que l'Argent, les Médias, le Public, le Cosmos cernaient sa personne ?

– Impossible, Franck, tu sais bien que je suis en pleine promo.

– Je comprends, y'a des urgences.

La réussite de son amie l'énervait. Il ne parvenait pas à comprendre pourquoi son CD, à elle, passait sans arrêt sur toutes les radios, était téléchargé en quantité, et pas le sien ! Il imaginait des combines, une cabale, même.

– Qu'est-ce que tu vas chercher ? Mon titre démarre, pas le tien ; pour le prochain ce sera peut-être le contraire. Quand tu étais matraqué à longueur de journées, il y avait des combines ?

– Bien sûr que non !

– Moi, c'est pareil. Je passe parce que je plais.

Franck prit mal la chose et eut envie de raccrocher. Il se contint, néanmoins.

– Si je comprends bien, moi, je ne plais pas ?

– Pour ce disque-là. Ne me fais pas dire ce que je ne dis pas.

Il reprit sur un ton persiflant :

– Je dois avouer que si tu plais à d'autres, tu plais surtout à toi-même. Suffit de t'observer quand *L'Oasis* passe à la radio. Tu te souviens, le soir où nous l'avons écouté ensemble ? Tu avais l'œil rond, la bouche ouverte, pour un peu tu te serais mise à baver.

Cette fois, la jeune chanteuse n'apprécia pas du tout. Avant même d'avoir réfléchi, elle riposta sèchement :

– De ce côté-là, tu ne risques rien. Faudrait que tu attendes longtemps avant d'entendre *Lune verte* !

Il raccrocha rageusement.

Joanna, le premier moment de surprise passé, s'en voulut d'avoir été aussi peu délicate. Elle rappela immédiatement pour s'excuser. Il comprendrait : c'était juste une phrase maladroite.

Elle fit dix fois le numéro sur le fixe, aucune réponse.

Tenta le portable, messagerie.

19

Il faisait froid.

La campagne était blanche.

Posée sur la neige, la Maison-Pommes ressemblait à une carte postale. Il ne manquait que le Père Noël avec sa hotte pour que la banalité fût totale. Les vaches, confinées à l'étable des Dumontier, n'allaient plus dans la pâture depuis plusieurs semaines déjà et, sans elles, les pommiers semblaient orphelins. Les oiseaux, grelottants, avaient enfin cessé de brailler et se contentaient de picorer en silence le beurre que Clémentine, régulièrement, leur déposait dans un bol en bois sur la grosse souche du jardin.

Franck se demanda ce qu'il foutait là.

Dix jours !

À tourner en rond. Tout seul.

Enfin, tout seul, façon de parler.

Avec son andouille de fille à côté, naturellement.

Commençait à l'énerver aussi, celle-là. Toujours à le suivre, à le surveiller, à répéter que tout allait s'arranger, qu'un disque qui marche mal, c'est pas la fin du monde. Ferait mieux de s'occuper de son job à *Vie d'Aujourd'hui*, au lieu de m'obliger à faire du fromage blanc ! Est-ce que j'ai une tête à faire du fromage blanc ? L'a de la chance d'avoir un patron qui lui donne des congés aussi facilement. À sa place, il y a longtemps que je l'aurais licenciée ! Et elle enferme la vodka dans le placard. À clef ! Comme si j'avais l'intention de recommencer à boire. Ce n'est pas parce que j'ai eu un coup de blues que je vais m'y remettre. Et puis, quoi, un peu de déprime arrive à tout le monde. Je n'ai quand même pas tenté de me noyer dans la mare aux nénuphars.

– Qu'est-ce que tu dis ? demanda Clémentine.

Son père la contempla avec étonnement. Assis dans son vieux fauteuil cassé, il n'avait pas ouvert la bouche.

– Si, insista-t-elle, tu as dit : mare aux nénuphars.

Voilà qu'il parlait tout seul, maintenant ! Rien ne lui serait donc épargné. Restait plus qu'à être somnambule pour que le tableau fût parfait. Mais cela dit, en toute objectivité : cette fille, quelle emmerdeuse !

– Tu ne veux pas qu'on aille se promener, papa ? C'est mauvais de rester toujours enfermé.

– Que veux-tu que je fasse dehors ?

– La même chose qu'ici : ruminer. Mais, au moins, tu prendrais l'air.

Franck préféra ne pas insister. Il avait besoin, en ce moment, de ressasser et plutôt assis devant la cheminée qu'en crapahutant sur des chemins pleins de bouillasse qui vous obligent surtout à penser à vos pieds.

Pourquoi cet échec ? Pourquoi l'aimait-on autrefois et plus maintenant ? Car autant voir les choses avec lucidité : son public le détestait. Le haïssait même !

– Mais non, disait Clémentine, quand il répétait sa démonstration pour la dixième fois, c'est le métier qui renâcle, le public n'a pas donné son avis puisqu'on ne lui passe pas ton denier disque.

Là, il se sentait obligé de convenir que cette conne, d'habitude aussi stupide qu'un troupeau d'oies, pour une fois voyait juste : si les gens – les vrais gens – pouvaient écouter *Lune verte et soleil bleu,* ils l'achèteraient. Comme ils l'avaient toujours fait. Le barrage venait uniquement de ces professionnels ignares qui ne comprennent rien en se figurant tout savoir. Il était de plus en plus persuadé que pour être responsable à la télé ou à la radio, il y avait un concours et que chaque fois on engageait le plus nul, l'arriéré mental type, celui qui répond : « C'est Mozart qui a écrit le Boléro de Ravel. » Aucune autre raison ne pouvait expliquer une telle concentration d'incapables au mètre carré de bureau. D'ailleurs, c'était évident, suffisait de voir le comportement de la directrice de promotion chez World Music, cette Isabelle Machin : elle avait promis de lui décrocher quelques télés. ET RIEN ! Encore une qui volait son salaire.

On s'en fout de cette meuf ronronnait Clémentine en montant sur ses genoux, moi je t'aime et je t'aimerai toujours, célèbre ou pas. Et tu sais pourquoi ? Parce que tu es un papa merveilleux, le plus merveilleux papa de toute la planète.

C'est reparti ! pensait Franck. Elle m'énerve, mais elle m'énerve ! Et, après avoir embrassé l'énervante, puisque de toute façon, il n'avait rien d'autre à faire, le plus merveilleux papa de la planète se disait, en posant un œil désabusé sur les tomettes de la salle de séjour : « Je n'aime plus ma fille, je n'aime plus les hommes, ni les femmes, ni les bêtes, même les arbres commencent à m'emmerder. »

Durant ces interminables journées, le chanteur ne voulut voir personne. Seuls les Dumontier trouvaient grâce à ses yeux. Mais, on a beau aimer la vie à la ferme, il y a des moments où l'on souhaite parler d'autre chose que de moutons, de poules et de carottes. Si bien que, lorsqu'Isabelle Bernou débarqua le dimanche matin, Franck, d'abord surpris de la voir alors qu'il lui avait claqué la porte au nez, fut ravi de retrouver un peu de compagnie. Sa fille aussi. En revanche, la tenue de la visiteuse les plongea dans une profonde consternation :

elle portait un pantalon Dior 'style campagne' et un pull 'rustique' Agnès B. Visiblement ses bottes de paysanne coûtaient une fortune et on devinait que la moindre griffure de ronces sur leur cuir l'aurait offensée autant qu'une brouette de patates percutant son 4x4.

– T'es venue faire de la pub pour quelle marque de vêtements exactement ? demanda le chanteur.

– Tu peux pas rester comme ça, susurra Clémentine, tu ferais peur aux bêtes.

Isabelle, d'abord décontenancée, décida de réagir.

– Qu'est-ce que je fais, alors, demanda-t-elle, je me fous à poil ?

Papa et fifille se regardèrent avec complicité. Dans le fond, la poupée Barbie réagissait bien. Elle serait peut-être supportable. Il était même possible que, sans aller jusqu'à distinguer un hêtre d'un platane, elle en arrive à faire pipi dans l'herbe, ce qui était, à leur avis, la preuve parfaite d'un accord profond avec la Maison-Pommes.

– Comme tu as la même taille que Clem, dit Franck, tu vas aller tout de suite mettre un pantalon dégoûtant, un pull troué et des bottes puantes. Une question quand même : mon CD, y'a du nouveau ?

La poupée Barbie, mal à l'aise, répondit que... non... rien de spécial... mais on va envisager ensemble...

– Compris, coupa le chanteur, rien n'a changé, tout le monde s'en fout. Bon ! On va faire pareil : interdiction de parler du métier. La première de vous deux qui aborde le sujet, je la balance dans le puits. C'est clair ?

– Tu aimes la campagne, Isabelle ? fit Clémentine, histoire de détendre l'atmosphère.

La directrice de la promotion chez World Music répondit qu'elle l'adorait.

En réalité, elle la détestait. Elle ne se sentait bien qu'à Paris, ne respirait bien qu'à Paris, ne dormait bien qu'à Paris, se demandant même comment des personnes normales, équilibrées, pouvaient parvenir à vivre ailleurs que dans cette ville merveilleuse. Elle estimait que la campagne est un endroit qui pue le fumier, la feuille décomposée et les fruits pourris. Sans parler de la saleté ! Vous marchez dans une prairie, vous levez la tête une seconde, vous êtes dans une bouse de vache ! Vous vous asseyez par terre, paf ! Plein de gadoue ! Et les chemins ? Parsemés de petites billes de caca de lapins, car dans ces régions primitives aucune hygiène, les animaux font leurs besoins n'importe où ! Quant au vacarme, alors là, c'est carrément de l'agression : le jour, tracteurs et cloches d'églises sont déchaînés ; la nuit, les chiens hurlent à la mort, les hiboux répètent toujours la même chose, les branches craquent toutes seules, sans parler des coqs insomniaques qui braillent dès cinq heures du matin ! En fait, Isabelle voyait la campagne comme un endroit invivable qu'on devrait juste survoler en hélicoptère pour y déposer des animaux et des graines. Quand tout serait bon à manger, on viendrait récupérer la nourriture, toujours par voie des airs, de façon à ce que les êtres humains évitent tous contacts néfastes avec cet univers pollué. Il y aurait beaucoup moins de maladies.

– Sincèrement, j'adore la campagne, dit-elle.

Le père et la fille la trouvèrent fort sympathique.

Quelques minutes plus tard, assis tous les trois près de la cheminée, buvant du cidre – de l'eau pour Franck – croquant des châtaignes, ils évoquaient avec sérieux les récoltes du père Dumontier, le prix du lait, celui des œufs, et la directrice de promotion, habillée en SDF, se disait que, vu les circonstances, ça risquait, somme toute, d'être un dimanche folklorique. Ce qui ne l'empêchait pas de ressentir, néanmoins, un vague sentiment de culpabilité en pensant qu'il n'était peut-être pas raisonnable d'ingurgiter ces châtaignes farineuses qui, d'une part, poussent sur des arbres certainement non désinfectés et, d'autre part, semblent dégouliner de calories. Mais bon, demain, il serait toujours temps de retourner aux tablettes coupe-faim, peut-être moins agréables mais nettement plus utiles à l'organisme.

La poupée Barbie avala son verre cul-sec en se demandant si, par hasard, il n'y aurait pas d'alcool dans le cidre ? Faudrait qu'elle interroge Google.

Que lui arrivait-il ?

Elle, considérée comme une personne dynamique, ne vivant que pour son métier, jours et nuits, week-ends compris ; elle, qui n'avait ni le temps de manger ni celui d'avoir un amant régulier ; elle, qui n'était venue dans cette brousse normande que pour remonter le moral d'un artiste de son équipe, estimant que cela faisait partie de son job, voilà qu'elle se retrouvait entre deux ahuris avec l'interdiction de parler chansons, affublée de vêtements pitoyables et picolant une boisson étrange qui vous fout la tête en l'air.

À ONZE HEURES DU MATIN !

20

Joanna Conti terminait l'enregistrement de la célèbre émission de télé *Une soirée formidable*. Énorme succès ! À la fin de *L'Oasis* les spectateurs du studio s'étaient spontanément levés pour l'applaudir. Spontanément ! Sans la moindre suggestion du chauffeur de salle.

Elle regagnait maintenant sa loge, posée sur son habituel nuage rose comme sur un tapis volant, accompagnée d'une cohorte bruyante d'inconnus qui l'appelaient par son prénom, la tutoyaient, lui tapaient sur l'épaule.

Alors, c'était ça la célébrité ? Tout le monde vous aime, tout le monde vous trouve bourrée de talent, tout le monde est à votre service. On demande un verre d'eau : immédiatement le voilà sous votre nez ! On est fatigué : quatre chaises sont propulsées en même temps vers vous ! Lucide au milieu de ce tohu-bohu, Joanna se promettait de tenter d'éviter la tête qui gonfle et les chevilles qui enflent. Elle ne pouvait s'empêcher d'évoquer Franck Villemin, adulé pendant des années et ignoré aujourd'hui.

Béranger Morel, son directeur artistique, désirait lui 'parler sérieux' et ne laissa personne entrer dans la loge. Elle l'aimait bien, ce bonhomme. Équilibré, rassurant. Rocher immobile au milieu des vagues, tronc d'arbre dans un monde de feuilles. Son approche de la quarantaine et ses cheveux grisonnants lui convenaient parfaitement : ce n'était pas un embryon de 25 ans. C'est lui qui l'avait découverte ; imposée à la maison de disques ; qui s'était battu après l'échec du premier single pour qu'on leur permette d'en faire un deuxième. Lui, qui avait persisté à affirmer : « Je crois en cette petite » quand d'autres beuglaient que la boîte avait déjà assez perdu d'argent avec cette meuf à la con. Et, bien sûr, aujourd'hui tout le monde jurait avoir toujours cru elle.

– Je t'écoute Béranger, fit la meuf à la con.

– Ma chérie, tu séduis le public comme pas possible, un véritable aimant. Ce qu'il te faudrait, maintenant, c'est un gros coup de pub de façon à atteindre le niveau supérieur. Tu le sais, il y a une grande différence entre l'artiste connu et la star. L'artiste connu fait son job de chanteur ou de comédien. En dehors de ça, on parle peu de lui. La star, au contraire, vit des drames perpétuels : ses amours ne durent jamais longtemps et chaque fois c'est une tragédie ; quand elle est grippée, son agent affirme qu'on va l'hospitaliser ; si une voiture frôle la sienne c'est qu'on a tenté de l'assassiner. En contrepartie de ces petits dérangements, elle gagne des fortunes et tout le monde la connaît. Béranger termina gravement : « Je crois que tu es faite pour être star. »

Ce fut la seule phrase qu'elle retint. De délicieuses images explosaient dans sa tête…

La star française Joanna Conti tourne à Hollywood !

Joanna Conti achète une somptueuse villa aux Caraïbes !

Si Béranger Morel le pensait c'est qu'une situation aussi superbe était envisageable. Ce n'était pas du rêve à bon marché. Mais attention, garder la tête froide : c'était quoi, ce coup de pub ?

– J'ai déjà envisagé l'affaire : si on te collait une liaison avec Tony Murano ? Il figure, comme toi, dans les dix meilleures ventes et il est sous contrat chez nous, ça ferait coup double. Une aventure avec lui pourrait générer une trentaine d'articles et, au moins, cinq couvertures de magazine.

– Une aventure avec Tony ? Qu'est-ce que ça veut dire ?

Béranger la rassura. Pas question de la mettre dans son lit, bien entendu. Juste aller ensemble au restaurant, au théâtre, dans des boutiques ; quand le paparazzi débarque, se prendre la main et sourire à l'objectif ! Six mois plus tard, rupture : la célébrité, l'insoutenable lourdeur de la célébrité, a tué leur amour ! Du coup, à nouveau, trente articles et cinq couvertures.

Joanna était effarée.

Jamais !

Une chose pareille : jamais !

C'est à Villemin qu'elle pensait d'abord. Comment pourrait-il accepter une comédie aussi dévalorisante pour lui ? La voir dans les bras d'un autre ! Petits dîners en tête à tête avec un autre ! Lire dans la presse :

Joanna Conti et Tony Murano : bientôt le mariage ?

– Me demande pas ça, Béranger. Je veux bien gifler un ministre ou me faire agresser par un faux satyre mais, s'il te plaît, pas d'histoire d'amour avec qui que ce soit.

Le directeur artistique insista mais la fille fut intraitable : tout mais aucune liaison bidon !

Béranger n'apprécia que modérément. Si les artistes se mettaient à vouloir uniquement de la publicité honnête, les magazines people en seraient bientôt réduits à n'offrir à leurs lecteurs que des mots-croisés et les prévisions astrologiques.

– Bon, bon, bougonna-t-il, on va te trouver autre chose mais, franchement, tu ne m'aides pas. Si tu veux devenir star, faudrait quand même faire un effort.

Elle était prête à faire des efforts, Joanna, beaucoup d'efforts même, mais pas n'importe lesquels. Soudain une idée lui vint. Une idée si simple. Comment ce grand professionnel n'y avait-il pas pensé ? Toute heureuse, elle lança :

– Et si on montait le même coup ? Mais avec Franck Villemin.

Il la contempla avec un tel mépris que Joanna eut l'impression d'avoir proféré une énorme sottise. Elle était l'élève du fond de la classe, débile légère, qui vient de répondre joyeusement au prof : « Londres est la capitale du Zaïre. »

– Je ne veux pas te faire de peine, fit Béranger, mais quand on est dans les meilleures ventes, on ne peut pas avoir une liaison 'utile' avec… passons. Et si on en a une, réellement, ça n'intéresse personne. Tu sors avec Franck depuis quelque temps : on en parle ? Je pose la question : on en parle ?

Joanna fut obligée d'admettre que, contrairement à ce qu'elle avait espéré au début, à part deux ou trois allusions, par-ci par-là, le couple Villemin-Conti laissait les médias indifférents.

– Ok, grogna-t-elle. Mais trouve une autre idée et pas forcément une histoire de cul. Il n'y a quand même pas que ça qui intéresse les gens.

– Tu te trompes.

21

Depuis huit jours Franck était revenu à Paris, Joanna l'appelait régulièrement et il ne la prenait jamais. Était-ce élégant de se conduire ainsi ? Méritait-elle ce mépris ? Mais s'ils décidaient de se rencontrer, quel sujet aborder ? Parler du métier ? Comment supporter qu'elle demande : « À propos, ton disque, que devient-il ? » Comment admettre qu'elle parle du sien ? Qu'est-ce qu'il en avait à foutre de son 'Oasis' ? Elle avait enregistré une chanson qui s'envole et, lui, une chanson qui plonge. Peut-on bavasser dans ce cas ? Il y a des circonstances où le silence est la seule solution. Mais certains jours sont plus difficiles que d'autres.

Depuis des heures il tournait chez lui comme un poisson dans son bocal. Portable éteint. Fixe sur répondeur.

Pas envie de parler.

Pas envie de se taire.

Pas envie de sortir.

Pas envie de rester.

En définitive, pourquoi voulait-il redevenir célèbre ?

Sans le moindre doute : pour retrouver le bonheur.

Tant que la gloire avait été présente, il s'était senti heureux. Il se posa donc la question : si la chanson le lâchait définitivement, pourrait-il retrouver le bonheur ?

Réponse peu évidente.

Quoique, en y réfléchissant, il avait déjà découvert la solution : picoler. On remplace 'gloire' par 'boire' et la vie devient supportable. De plus, ça marche dans tous les sens et pour n'importe qui. S'enivrer, chez l'un, peut remplacer le manque d'argent ; chez l'autre, le manque d'amour. Conclusion : la consommation d'alcool devrait être obligatoire dès la naissance et pendant toute la vie ! On en mettrait depuis le biberon de bébé jusqu'à la camomille de papy. Les humains vivraient donc tous dans une ébriété permanente. À chaque coin de rue, des inconnus se rassembleraient et chanteraient en chœur : « Et glou ! Et glou ! Et glou ! Il est des nô-ô-tres » ! On ne serait autorisé à conduire une voiture qu'en état d'alcoolisation sévère (ce qui rendrait les autoroutes moins endormantes) et tous les réfractaires – piétons ou conducteurs – surpris en train de ne pas être ivres-morts seraient incarcérés sur le champ et condamnés à vingt ans de vodka. Dans cette optique néo-révolutionnaire, il est évident que l'espèce humaine coulerait des jours proches de la béatitude puisqu'on vivrait sans en avoir conscience et qu'on mourrait en rigolant.

Il était en train de se dire que son délire était stupide (quoique) quand la sonnerie du téléphone fixe explosa. Il respira longuement, comme s'il sortait de l'eau.

Répondre ? Ne pas répondre ? Écouter seulement le message ? Ça sert à quoi de parler ?

– Franck, fit la voix de Joanna, je suis certaine que tu es chez toi et que tu m'entends. Décroche, s'il te plaît.

Il resta à l'écoute. Immobile.

– Franck je t'en prie, réponds. Est-ce qu'on peut se voir ?

Il se demandait toujours comment réagir.

– Sois raisonnable, on ne peut pas se quitter pour une phrase maladroite.

Il décrocha brutalement.

– Pourquoi pas ? dit-il simplement.

– Parce que je t'aime.

– Ça n'a pas de rapport.

La jeune femme fut suffoquée. Comment peut-on dire des phrases aussi violentes ?

– Franck, je tiens absolument – absolument ! – à te parler. Veux-tu venir chez moi demain à seize heures ?

Il répondit ironiquement :

– Je ne voudrais pas déranger mademoiselle. Tu es sûre, à cette heure-là, de ne pas avoir de radio, de télé, de répétition, d'interview ?

– Sûre. Tu as peur des explications ?

Peur des explications ? Alors personne ne comprenait qu'il n'avait rien à dire ? Personne n'avait conscience que, lorsqu'on a concubiné avec la gloire et qu'elle vous a foutu dehors, on ne s'en remet jamais ?

– D'accord, fit-il, d'une voix à peine audible, notre rencontre ne servira à rien mais j'irai. Par respect pour toi.

– C'est vrai ? Je peux y compter ?

– Demain, à seize heures, je serai chez toi.

– Merci, dit-elle avec émotion.

– De rien, fit-il sèchement.

Joanna raccrocha. Pour quelle raison véritable cette soudaine méchanceté ? Parce qu'il en avait marre d'elle ? Pourquoi pas ?

C'est seulement le lendemain, vers midi, que l'idée vint à Joanna. Idée toute simple, qui tourne dans la tête, vous effleure, se pose, s'enfuit et revient. D'abord, elle la repoussa, cette idée. Non, pas ça, il y a des actes indignes qui ne se font pas. D'un autre côté, Franck venait pour rompre. Vu le ton employé, il ne pouvait pas en être autrement. Ce serait donc, peut-être, un moyen de l'émouvoir, de se faire comprendre et, toutes réflexions faites, un moyen approximativement honnête pour un but très honnête. Parce que, tout de même, elle l'aimait, ce gros lourd.

Joanna passa encore une bonne heure à peser le pour et le contre. Allant de « Non, c'est impossible » à « Pourquoi pas » ? À la fin, exaspérée, elle prit sa décision : « C'était oui ». Point barre !

À quinze heures trente, une demi-heure avant son arrivée, j'avale quelques cachets, je ne ferme pas la porte à clef, je pose en évidence une lettre disant « Je suis incapable de vivre sans toi ». Il arrive, je suis dans un léger coma qui fait crédible. Hôpital, lavage d'estomac, quatre jours de repos, le tour est joué. Et là, il craque et retombe dans mes bras. Sûr. C'est un tendre, ce type. Il refuse de l'admettre, mais c'est un tendre.

De plus, quelle pub !

Joanna Conti tente de se suicider pour Franck Villemin !

Tempête sur L'Oasis ! Joanna Conti entre la vie et la mort !

Des centaines de fans campent devant la clinique !

Elle répéta chaque phrase plusieurs fois à voix haute et estima qu'elles avaient un côté bouleversant. Sans compter que, cerise sur le gâteau, ce drame serait plus efficace qu'une supposée histoire avec Tony Murano. Quant au fait que Franck Villemin ne soit pas, pour elle, une liaison 'utile', comme disait son directeur artistique, ce handicap ne ferait pas le poids devant l'importance de l'événement : un suicide, même raté, est toujours un acte impressionnant. La mort et l'amour étant les deux mamelles des médias, en mêlant l'une et l'autre elle pouvait espérer trois semaines de publicité gratuite.

En attendant quinze heures trente, elle s'assura que la boîte de somnifères contenait assez de comprimés, puis téléphona à plusieurs amis en laissant entendre que Franck semblait vouloir la quitter et qu'elle se sentait profondément déprimée. Dans l'excitation que lui causait cette petite comédie, Joanna, peu à peu, en arrivait à oublier la réalité. Ce fut donc au beau milieu d'une phrase à une copine que, brusquement, cette réalité lui revint : elle était vraiment triste et amoureuse. Le reste pouvait être faux, ça c'était vrai.

*

Franck n'avait pas réussi à trouver le sommeil de toute la nuit. S'était donc levé tôt. Puis recouché. Que faire debout quand on est sans occupation ? Une fois au lit, il avait dû admettre que la vie ne lui paraissait pas plus joyeuse à l'horizontale qu'à la verticale, que ses mains tremblaient toujours autant et que l'étau qui enserrait sa poitrine continuait consciencieusement à faire son travail d'étouffeur.

Furieux, il s'était relevé et, toute la matinée, avait recommencé à tourner en rond, comme hier, avant-hier, et la semaine précédente. « Par-dessus le marché, à seize heures, je dois aller voir Joanna pour m'expliquer. Expliquer quoi ? Comme si moi-même je comprenais ».

Il appela Clémentine pour lui avouer la vérité : « Viens, j'ai furieusement envie de boire. » Tomba sur la messagerie : injoignable pour le moment. Téléphona à *Vie d'Aujourd'hui* où on lui expliqua qu'elle était partie de toute urgence pour un reportage à Tulle où trois enfants venaient d'être massacrés. Il en fut désorienté. Son oiseau-soleil au milieu des cadavres !

Il décida d'admirer une bouteille de vodka. Juste l'admirer. Pour avoir la preuve que, sur cette horrible planète, existent aussi de jolies choses. Car cette boisson, quelle belle couleur invisible !

De l'eau, en fait.

Mais, bizarrement, de l'eau qui génère du feu.

Dans le fond, en essayant de voir lucidement la situation, boire n'était pas un acte uniquement négatif. Sans l'alcool, il n'aurait sûrement jamais connu ces extravagantes aventures : voler un autobus, se battre avec un barman, prendre une douche dans la rue avec un arrosoir trouvé dans un jardin, être incapable de mettre la clef dans sa serrure et dormir sur son paillasson. Il n'avait jamais fait des machins-trucs pareils du temps de sa sobriété et, après tout, sans être reluisants, ces comportements n'étaient pas dépourvus d'originalité. La preuve, quand il les racontait, tout le monde se marrait.

Il attrapa la bouteille, la mit à hauteur des yeux et la regarda bien en face, comme s'il la défiait. Quatre mois sans boire ! Depuis la sortie de clinique. Ce serait bête de craquer aujourd'hui.

Et pourquoi bête ? Était-ce si intelligent de s'abstenir de faire ce qu'on a tellement envie de faire ? Était-ce si intelligent d'avoir le paradis à portée de la main et de rester en enfer ? Était-ce si intelligent de... Stop !

Il se versa un grand verre de vodka et l'avala lentement. Le liquide le brûla, ses yeux s'emplirent de larmes, il suffoqua un instant puis, rapidement, retrouva son calme. Que c'était bon ! Pourquoi s'être privé d'une telle joie ? Il faut sombrer dans la débilité la plus profonde pour éliminer un plaisir aussi parfait. Il remplit un autre verre et le vida cul-sec. Encore meilleur que le précédent ! De plus, sur la bouteille, l'étiquette était si séduisante : « Rare Finest Vodka ».

De la poésie à l'état pur !

Au troisième verre, il se détendit encore un peu plus et la vie lui parut moins tragique, difficile peut-être – légèrement difficile – mais pas davantage car, tout de même, en étant lucide : sur terre, des millions d'êtres humains se débattent dans des difficultés autrement sinistres qu'un disque qui se vend mal

Peu à peu, les verres succédant aux verres, Franck en arriva à se dire que, finalement, cette histoire de chanson que personne n'aime, c'était désopilant ! Et que sa fille soit vierge à 22 balais, il en avait rien à cirer ! Et qu'il soit un chanteur connu ou un plombier anonyme, quelle importance ? Car la vie a drôlement bon goût, nom de Dieu ! Faut vraiment être un demeuré pour la trouver tragique ou même légèrement difficile !

Rideaux tirés, porte fermée, il se sentait animé d'une telle gaîté, d'un bonheur si énorme, qu'il comprenait mal cette espèce d'obstination bizarre qu'avaient les murs à vouloir lui tomber dessus, les meubles à se déplacer, sans parler des tapis qui semblaient prendre un malin plaisir à accrocher ses pantoufles.

L'alcool continuait de diminuer dans la bouteille et le salon, jonché de chaises renversées et de verres brisés, n'était plus qu'un carrousel tournant dans une pénombre traversée de perroquets colorés répétant : « Rare Finest Vodka ! » « Rare Finest Vodka ! »

22

Lorsque Clémentine réintégra son studio, à minuit passé, elle commença par se laisser tomber sur un siège. Épuisée. Déçue. Se demandant si le journalisme lui convenait bien. Quelle journée ! Tous ces kilomètres pour aller à Tulle, toutes ces heures passées à chercher une femme qui vient de perdre ses trois enfants tués par un mari violent et crétin. Et pourquoi cette traque ? Pour la faire parler ! Comme si, dans un cas pareil, une maman peut encore articuler un mot !

Quand, avec d'autres journalistes, elle s'était enfin retrouvée devant cette pauvre chose en sanglots, Clémentine n'avait rien pu dire. Réduite à un grand silence effrayé. En revanche, certains s'étaient comportés différemment. Elle revoyait ces photographes, ces cameramen, véritable meute de chasse à courre, voulant absolument surprendre les grosses larmes, les mains crispées, les jambes qui flageolent. Elle revoyait ces micros qui se tendent avec, à l'autre bout, des questions insensées :

« Que ressentez-vous ? »

« C'est dur ? »

« Vos rapports avec votre mari étaient-ils bons ? »

Et elle, l'orpheline de ses enfants, se croyant obligée de leur répondre au lieu de crier : « Barrez-vous, sales cons ! »

Écœurant.

Clémentine regarda l'heure, hésita un instant et conclut qu'il était un peu tard pour appeler papa-chéri. Et puis quoi, il pouvait bien passer une journée sans sa fille ! Elle prit un somnifère et se coucha furieuse contre la terre entière.

*

La sonnerie du portable n'arrêtait pas de retentir. Clémentine, enfouie sous la couette, se dit qu'il fallait réagir : ou prendre la communication ou foutre l'appareil par la fenêtre. C'était quand même incroyable que des gens appellent en pleine nuit !

Elle émergea péniblement, consulta son réveil d'un œil éteint et fit un bond. Onze heures du matin !!!

Et cette barre qui lui passait par les tempes !

Et cette bouche pâteuse !

Décidemment, le somnifère ne lui convenait pas.

Elle écouta. Qui c'était ça, Isabelle Bernou ? Ah oui, World Music. Brusquement le souffle lui manqua. Son corps n'aurait pas été allongé, il s'écroulait. « Qu'est-ce que tu racontes » ? articula-t-elle, persuadée d'avoir mal entendu.

– Je te dis que Joanna Conti est morte. Barbituriques. Ton père est chez moi. Viens tout de suite.

Tête brouillée, diction hésitante, Clémentine parvint néanmoins à dire :

– Papa est chez toi ? Il lui est arrivé quelque chose ?

– T'es à l'ouest ou quoi ? C'est à Joanna qu'il est arrivé quelque chose.

Clémentine entra en coup de vent chez Isabelle et, sans même dire bonjour, exigea de voir son père.

– Pas question, il dort, je lui ai donné un tranquillisant. Tu peux te calmer pour qu'on puisse parler ?

La fille était dépassée. Son père dormait, en plein jour, dans le lit de cette pétasse ! Elle se força néanmoins à s'asseoir. Sur le bord de la chaise. N'aurait pas supporté d'être bien installée. Isabelle avait raison : d'abord se calmer.

– Explique-moi.

– Béranger était inquiet parce que Joanna avait posé un lapin hier soir, à des journalistes : ce n'est pas son genre. Du coup, après l'avoir appelée en vain, ce matin il fonce chez elle, sonne une fois, deux fois, la porte n'était pas fermée à clef, il entre et la découvre, morte depuis des heures, avec à côté une lettre pour ton père : il voulait la quitter, elle a préféré mourir plutôt que de vivre sans lui.

Clémentine en resta muette. Mourir d'amour ! Comment peut-on se tuer pour un bidule aussi barbant ? Une fille de 24 ans, belle, forte, intelligente !

La voix d'Isabelle continuait de lui parvenir, amortie, comme un murmure de confessionnal : « C'est moi qui ai réussi à convaincre ton père de s'installer ici, parce qu'après avoir lu la lettre il était en état second, incapable d'aligner deux idées. D'autant moins qu'hier il a picolé. »

Clémentine, brusquement réveillée, sursauta.

– Il a bu ?

– Une bouteille entière de vodka. C'est lui qui me l'a dit. Il avait rendez-vous avec Joanna et, du coup, il a oublié d'aller chez elle.

Cette fois, l'oiseau-soleil ne put retenir ses larmes. Elles se mirent à couler, incontrôlables. Il avait recommencé ! Son enfer sans flammes allait s'ouvrir à nouveau et l'engloutir dans une vie de légume ambulant. Durieux l'avait dit : « Pas une goutte, autrement vous repartez pour un tour. » Elle n'aurait jamais dû accepter d'aller en province.

Touchée, Isabelle vint à son secours :

– Ce n'est pas ta faute, on ne peut pas surveiller quelqu'un vingt-quatre heures sur vingt-quatre et, s'il a bu hier, il ne boira pas forcément demain.

Clémentine se laissa peu à peu convaincre, sécha ses larmes et avala un grand verre d'eau. Quand elle fut à peu près en ordre, Isabelle, avec le plus de tact possible, en tournant autour des phrases, lui expliqua que tout cela était triste mais indépendant de leur volonté. Par ailleurs, les médias allaient forcément monter l'affaire en épingle, Joanna Conti étant actuellement dans le Top 5 des ventes. Cela pouvait donc devenir un coup publicitaire intéressant pour qui saurait en profiter. Ne devraient-elles pas, toutes les deux, tenter de mettre Franck Villemin en avant, de façon à préparer le terrain au disque suivant ?

Clémentine la dévisagea avec incrédulité.

– Tu veux te servir de la mort de Joanna pour faire de la pub à mon père ? Mais c'est dégueulasse !

– Je crois que tu ne saisis pas la situation : il était déjà démoli par l'échec de son disque, voilà maintenant qu'une femme se suicide pour lui. Crois-tu qu'il va supporter ça en souriant ? Alors que s'il joue la carte de la médiatisation, d'une part il se retrouve dans l'actualité, d'autre part plonger dans un tourbillon d'activités éliminera ses idées noires. Seulement, j'ai besoin de toi : sans ton accord il ne prendra aucune décision.

L'analyse se tenait. Mais profiter ainsi de ce drame…

– Nous n'avons pas le temps de réfléchir, fit Isabelle, bientôt les journalistes vont le chercher partout et finiront par le trouver. Nous devons donc, toi et moi, nous mettre d'accord pour dire la même chose.

– C'est quoi la même chose ?

– Franck Villemin est trop bouleversé pour les recevoir aujourd'hui mais il le fera demain. Et, surtout, insister sur le fait que c'est à la suite d'un malentendu que Joanna a pris sa dramatique décision, que jamais il n'a voulu la quitter. Il ne faut pas qu'on puisse le croire responsable de ce qui est arrivé.

Clémentine la fixa un instant avant de demander pourquoi elle faisait tout ça.

– Le boulot.

23

Franck Villemin ne fut pas très difficile à convaincre. Faut dire que les deux femmes déployèrent beaucoup de délicatesse à son égard, lui expliquant que le public avait droit à l'information : sa notoriété l'exigeait. Son 'devoir' était donc de recevoir les médias au lieu d'aller se cacher dans une île déserte comme il en avait l'intention.

Dépassé, abruti, le cœur coincé et la tête comme une passoire, le chanteur accepta de jouer le jeu médiatique en ne pensant qu'à une seule chose : s'il s'était rendu à leur rendez-vous, serait-il arrivé assez tôt pour aider Joanna ? Et, d'abord, pourquoi avait-elle fait ça ? Et, surtout, pourquoi ne pas s'être confiée à lui ? On pouvait lui parler, quand même ! Il était quelqu'un d'ouvert. Elle aurait laissé voir la profondeur de ses sentiments, la situation n'aurait sûrement pas dégénéré à ce point. Parce que, bon dieu, lui aussi l'aimait !

Et Franck Villemin, en état second, se laissa installer dans l'œil d'un cyclone déclenché par une Isabelle, une Clémentine, et une morte.

Il fut interviewé par tous les journaux, tous les magazines, toutes les stations de radios, toutes les chaînes de télévision. Il racontait son aventure, sans trop de tristesse pour qu'on ne l'accuse pas de profiter de ces circonstances pénibles, mais sans trop d'indifférence non plus pour éviter d'être taxé de manque de cœur. Et tout le monde était bouleversé quand, avec beaucoup de sobriété, il disait : « Pourquoi a-t-elle voulu mourir alors que je l'aimais ? Sans elle, je ne suis plus rien. »

Pour un peu, le public en aurait voulu à cette pouffe de Joanna Conti qui le rendait si malheureux.

Isabelle Bernou avait fort bien dosé le personnage. Clémentine, elle, empêchait le personnage de boire et y parvenait. Son père avait été si bouleversé par l'affaire, qu'il s'était juré de ne plus jamais picoler et, pour l'instant, tenait parole. Faut dire qu'il accusait la vodka d'être la véritable criminelle : « Soyons lucides, cette bibine n'existerait pas, Joanna serait toujours en vie. »

Et voilà que, miracle, avant ou après une interview, souvent était diffusé *Lune verte et soleil bleu*. Et voilà que, peu à peu, le titre commençait à être programmé, même sans interview. Et voilà que, petit à petit, les disquaires passaient commande puisque la clientèle le demandait. Et voilà que des gamins le téléchargeaient en même temps que *L'Oasis*.

Franck avait du mal à comprendre. Alors, cette chanson n'était pas inaudible ? Son clip était enfin regardable ? À la radio, à la télé, sur la Toile, on avait réussi à retrouver ce machin pourri au fond des poubelles en lui découvrant un charme caché lors des premières écoutes ? Évidemment, pas question de faire la fine bouche et d'aller dans les bureaux directoriaux pour brailler : « Je vous interdis de passer ce bidule que vous détestiez ! » Pas question non plus de hurler un grand coup dans les couloirs du métier : « Vous êtes tous des girouettes robotisées ! »

On n'arrête pas un jour qui se lève.

*

En un mois, la situation s'inversa. Si, les premières semaines, dans chaque interview, Franck Villemin évoquait Joanna, peu à peu les références à sa pauvre amie diminuèrent et, un jour, il en arriva à ne plus la citer du tout. D'ailleurs, personne ne le lui demandait et chacun trouvait normal qu'on parle d'autre chose. Un fait divers lasse vite son public si aucun élément nouveau n'intervient. Une bonne guerre, avec massacres réguliers, peut tenir des mois, voire des années ; une belle escroquerie immobilière, avec cascade d'hommes politiques mis en examen, peut rester en première page pendant une dizaine de semaines ; mais pour une jeune chanteuse qui meurt d'amour, trente jours sont un maximum.

Malgré tout, World Music eut largement le temps d'en profiter. En effet, dès le début de la médiatisation les téléchargements et les ventes du CD de Joanna Conti s'emballèrent pour s'installer au N° 1.

Ce qui prouve une fois de plus, faisait doctement remarquer Béranger Morel, que pour un artiste la pub la plus rentable est de mourir. Si, par-dessus le marché, on peut mourir d'amour, alors là, jackpot. Pour l'entourage.

Lorsque Franck Villemin cessa de parler de Joanna ce ne fut pas uniquement à cause du temps qui passe et qui lessive tout, mais surtout parce que, dorénavant, une seule chose l'intéressait : son redémarrage. Les premières semaines, trente mille exemplaires de *Lune verte et soleil bleu* furent vendus (Isabelle Bernou disait cent mille aux médias). Puis, après quatre importantes émissions de télévision faites coup sur coup, les ventes grimpèrent à soixante mille (Isabelle Bernou disait deux cent mille). Le chanteur acceptait joyeusement ce changement de situation. Il distinguait avec volupté ces grondements souterrains qui précèdent toujours les grandes victoires, il devinait en jubilant le bouche à oreille favorable et percevait, émerveillé, les frémissements de la réussite.

Il avait déjà connu ça.

Bientôt, on l'aborderait à nouveau dans la rue, on le dévisagerait aux feux rouges, on l'assiégerait dans les restaurants. Des inconnues lui enverraient des lettres enflammées et, à longueur d'année, on planterait des micros sous son nez en lui demandant, le plus sérieusement du monde, ce qu'il pense de la politique monétaire de la Birmanie, du réchauffement climatique, du tennis mondial, de la Bourse, et de l'émancipation des femmes dans les tribus primitives du Mato-Grosso. Il répondrait n'importe quoi, comme il l'avait toujours fait, et le public serait ravi, comme il l'avait toujours été.

24

L'hiver s'enfuyait lentement, repoussé par un soleil discret mais obstiné. La Maison-Pommes s'étant enfin dégagée de sa gangue de neige, les oiseaux avaient recommencé à couiner dans leur vigne vierge, et les vaches, toujours aussi incontinentes, salissaient à nouveau la pâture des Dumontier. Le grenier, lui, ouvrant ses lucarnes fermées depuis plusieurs mois, exhalait un torrent d'odeurs de pommes qui aurait pu asphyxier un citadin habitué à l'air aseptisé de son immeuble.

Et Franck Villemin était heureux. Pour deux raisons.

D'abord, tout son petit monde avait réussi à se libérer pour passer ces trois jours de Pâques en Normandie : Isabelle Bernou et Béranger Morel, Jean-Hugues et, bien sûr, Clémentine.

Ensuite, il couchait avec Isabelle. Ça s'était fait incidemment. Un soir où elle avait un quart d'heure de libre et lui aussi. Chacun pensait que des phrases pompeuses à ce propos auraient été déplacées : ils batifolaient ensemble dans un lit, cela leur plaisait, bref, on n'en parle plus.

Ce dimanche pascal, histoire de « fêter le retour à la gloire de monsieur Franck », les paysans d'à côté les avaient tous invités à déjeuner dans leur ferme. L'équipe du disque se tenait donc autour de la table en gros bois et les voix parisiennes éclataient avec tant de force qu'on aurait pu croire que c'était le jour où l'on tue le cochon. Franck se sentait si bien dans sa peau qu'il n'arrêtait pas de se répéter : « Une vie comme la mienne, personne n'a connu mieux ! »

Tout redevenait comme avant. À l'époque du paradis perdu. Quand le monde entier l'aimait. En ce temps-là, il lui suffisait d'être derrière un micro pour que la foule hurle d'enthousiasme et que l'argent coule à flots. Pas besoin de parler et encore moins de penser, juste chanter. Quelques notes, quelques phrases, et il était le héros invincible.

Il tomba de son nuage, poussé par la voix de madame Dumontier qui disait :

– Rien que ce matin, j'ai entendu deux fois *Lune verte et soleil bleu.* Qu'est-ce qu'elle est belle, cette chanson ! Au fait, pourquoi il est pas là, le petit jeune qui l'a écrite ?

Un léger malaise parcourut l'assistance.

Franck répondit sincèrement que le petit jeune n'était pas libre et Clémentine, qui avait rompu avec Christophe sans savoir pourquoi, s'absorba dans la contemplation passionnée de son assiette.

Le père Dumontier, devinant la tension, proposa qu'on fasse un trou normand en buvant un calva au succès de la chanson ! Chacun tendit son verre avec plaisir, sauf Villemin qui tenait à en rester à l'eau. Le fermier le dévisagea avec une totale incompréhension. Cette histoire d'alcool et de clinique lui avait toujours paru suspecte. Dans la région tout le monde se pintait au calva et chacun estimait que cela fait partie des belles choses de la vie. Si bien que le paysan n'était pas loin de penser que cette affaire de 'non merci je bois plus d'alcool' sentait plutôt son coup de réclame.

– Voyons, on est entre nous, y'a pas de journaleux.

– Je ne vois pas le rapport, fit le chanteur.

Le père Dumontier n'osa pas aller plus loin et se contenta de maugréer :

– Quand c'est du bon, ça peut pas faire de mal.

Clémentine dit, moitié souriante, moitié sérieuse :

– Essayez encore une fois d'inciter papa à picoler, je fonce au milieu de vos vaches et je fais l'auto-tamponneuse.

– Toi alors, comme excessive, y'a pas mieux, grommela madame Dumontier.

En ajoutant à l'intention de tous :

– Quand je pense, qu'à cinq ans, elle était déjà comme ça. Tiens ! Une fois, la voilà qui tombe dans le poulailler...

– Ah non ! Pas cette histoire-là ! Chaque fois je passe pour une débile.

– Normal, fit sobrement Jean-Hugues.

– C'est malin ! répliqua sa sœur.

– Si tu n'as rien d'autre à dire ! lança Franck à son fils.

– Ça m'aurait étonné.

Béranger Morel eut beau insister pour connaître l'histoire du poulailler, la paysanne refusa, répétant plusieurs fois qu'elle n'avait pas envie de voir ses vaches recevoir un coup de voiture dans les fesses.

Isabelle Bernou, elle, oubliant son régime-minceur, se goinfrait de petits pois du jardin, d'haricots du jardin, de pintade du jardin, ingurgitait alternativement vin rouge et vin blanc, tout en observant du coin de l'œil ces Martiens et se voyait obligée d'admettre que, somme toute, la campagne était un endroit supportable à condition, bien entendu, d'y passer peu de temps. Pourtant, après le cinquième trou normand au calva du jardin, elle se dit qu'il lui fallait peut-être un peu plus d'ouverture d'esprit : toutes réflexions faites, Franck était un type très chouette ; sa fille aussi était très chouette ; de même que Jean-Hugues ; sans compter que cette ferme était super chouette, les Dumontier également, et les oiseaux hurleurs pareils. Si bien qu'au moment du troisième pousse-café après le cinquième trou normand, la directrice de la promotion chez World Music sentit monter en elle l'envie barbare de faire des confitures, de bêcher le potager, et même de faire pipi dans l'herbe.

*

La nuit était tombée, engloutissant la Maison-Pommes dans un grand silence. Tous se taisaient, les humains comme les oiseaux et même, curieusement, les grenouilles.

Clémentine, couchée, lisait un vieil Astérix. Qui le lui avait offert déjà, quand elle était petite ? Sûrement une belle-mère, mais laquelle ? Non, plutôt la maman de Jean-Hugues. Ah, celui-là, quel être bizarre. Dit jamais rien. Fait jamais rien. Elle aurait tant aimé avoir un grand frère fort et tendre ; un qui ne vous quittera jamais, quoi qu'il arrive, et qu'elle n'aura jamais envie de quitter ; un qui vous protège sans demander de coucher. Elle ne parvenait pas à s'intéresser à ce garçon. Pourtant c'était son frère. Ou presque. Est-ce bien de ne pas aimer son demi-frère ? Mais est-ce mieux, sous le prétexte que quelqu'un est de la famille, de s'obliger à avoir de l'intérêt pour lui, même si c'est un hébété ?

Un lit grinçait quelque part. Des gens faisaient l'amour. Son père avec la reine de la promo ? Forcément : qui d'autre ? Dans le fond, c'était une bonne chose qu'ils soient ensemble ces deux-là. Plus on est occupé, par le métier ou une liaison, moins on pense à boire. De toute manière, cette Isabelle Machin était sans danger.

Les femmes passent, les filles restent.

Elle déposa son Astérix. Il y a des soirs où le Gaulois ne passionne pas.

Quelle bonne journée !

Tout le monde semblait heureux. Comme toujours à la Maison-Pommes. Un endroit magique.

Clémentine ferma les yeux… Elle avait quatre ans… Était immobile dans le grenier. Guettant le chat qui guettait une souris cherchant de la nourriture. Soudain, la voix de sa mère lui parvenait de la cuisine :

– Clémentine !!!! Clémentine, où es-tu ????

– Fiche-lui la paix, disait son père.

– J'aimerais quand même bien savoir où elle est.

Et papa répondait en se moquant :

– À mon avis, elle a été attaquée par le taureau. Mais c'est pas grave, elle s'est débrouillée. Il ne peut rien lui arriver de moche.

La petite fille, dans le grenier, avait tout entendu. Guettant toujours le chat qui guettait la souris cherchant de la nourriture. Mais elle explosait de fierté. Son père avait dit, une fois de plus, qu'il ne pouvait rien lui arriver de moche. Son père l'aimait et lui faisait confiance. Pas comme sa mère. Ah celle-là, toujours à commander ! « Glisse pas sur la rampe pour descendre l'escalier ! Prends pas le couteau par la lame ! T'approche pas du puits » !

Un jour, se disait la gamine, rien que pour lui foutre la trouille, je prendrai un couteau par la lame, je glisserai comme un bolide sur la rampe de l'escalier, je rebondirai dans la cour, paf ! paf ! paf ! et je plongerai dans le puits ! Quand elle sera en train de s'évanouir, comme il ne peut rien m'arriver de moche, je remonterai en grimpant sur la corde du seau et je dirai en rigolant : « Coucou maman, c'était juste pour laver le couteau. »

25

Franck Villemin au volant, la voiture fonçait à toute allure vers Dieppe. Doublant tranquillement en troisième position, franchissant calmement des bandes blanches, faisant innocemment des queues de poisson. Isabelle, près du conducteur, crispée, consultait le compteur toutes les dix secondes en disant : « Tu ne veux pas que je prenne ta place, ça te reposerait ? » Il répondait chaque fois que conduire avant de chanter dans un concert le détendait. Elle n'osait pas lui signaler que ça ne détendait pas tout le monde.

Sur le siège arrière, Béranger Morel passait du blanc au vert, en se jurant que jamais plus il ne monterait en voiture avec ce malade.

Assise près du directeur artistique, Clémentine, au contraire, paraissait très à l'aise. Avec son père au volant, tout lui était arrivé : la voiture qui se retourne et continue d'avancer sur le toit ; qui s'arrête contre un arbre et tente d'y grimper ; qui tombe d'un pont ; brûle dans les maïs ; plonge dans un étang plein de canards. Elle avait vu plusieurs belles-mères ou compagnes extraites de tout ça avec des côtes cassées, des jambes en chewing-gum, des bras fracturés. Son père et elle : rien. Même pas une écorchure. Jamais. Clémentine ne pouvait s'empêcher de sourire en revoyant son papa imperturbable expliquer aux flics, aux pompiers, aux médecins, aux badauds, qu'il n'était absolument pas responsable : c'était la faute à l'arbre, au pont, à la bande blanche, aux canards.

Béranger se pencha vers elle en murmurant :

– Ça va ? Tu n'as pas peur ?

La fille répondit : « Avec mon père, rien ne peut m'arriver de moche. »

Il la contempla un instant, intrigué, essayant d'imaginer ce qu'une telle phrase pouvait bien signifier, quand, soudain déporté par un virage hurlant, il dut s'accrocher convulsivement à la poignée. Le moment n'était pas aux questions métaphysiques : d'abord survivre.

– Fais quand même attention, Franck, implora Isabelle.

– Je fais attention, répondit le chauffeur, c'est pour ça que je tourne dans les virages, autrement j'irais tout droit.

Il ajouta avec agacement :

– Je te rappelle que nous devons être à Dieppe à 18h.

En réalité il n'était pas pressé mais commençait à devenir nerveux ; quelque chose de plus fort que lui l'envahissait peu à peu. C'était son premier gala depuis des années. Ce soir, à 21h, il serait sur scène et retrouverait son public. Le vrai. Pas celui qui va gratuitement dans les tournages à la télé, riant et applaudissant sur un signe de l'animateur, non : celui qui paye et qui, du coup, en veut pour son argent ; celui qui peut vous faire une ovation de dix minutes mais qui peut aussi se contenter d'applaudissements polis.

Il y a encore un siècle, paraît-il, le public participait davantage : un chanteur qui déplaisait pouvait recevoir des godasses sur la tête. Aujourd'hui le spectateur est plus civilisé, mais il y a des battements de mains courtois qui ressemblent à des lancers de godasses. À cette idée, Franck sentait une sueur glacée lui couler dans le dos. Serait-il à la hauteur, après tant d'années sans monter sur scène ? Et, surtout, y aurait-il des spectateurs dans la salle ? Les gens se dérangeraient-ils, comme autrefois, pour venir l'écouter ?

– Franck, dit Béranger, tu ne pourrais pas rouler moins vite ?

– Si tu as peur, descends !

La réplique avait claqué, péremptoire.

Le directeur artistique était sur le point de répondre d'une façon tout aussi désagréable quand la main de Clémentine se glissa doucement dans la sienne. Surpris, il contempla cette main et, du coup, en oublia sa phrase énervée. La jeune fille lui murmura à l'oreille :

– Laisse tomber, il est toujours tendu avant un gala.

– J'ai horreur des messes basses, fit Villemin.

Clémentine répondit innocemment :

– Je lui ai dit de ne pas s'inquiéter, tu conduis vite mais bien.

La phrase rassura le chanteur. Il se retourna carrément pour dire :

– Heureusement que tu es là.

– Merci, fit aigrement Isabelle.

La voiture continua sa route dans un silence pesant. C'est seulement après quelques kilomètres que Béranger s'aperçut que la main de Clémentine était toujours dans la sienne. Il en fut troublé. Qu'est-ce que cela signifiait ? Elle devait bien se rendre compte qu'ils se tenaient par la main. Il ne put s'empêcher de détailler son visage. Vraiment très belle, cette fille. Exceptionnellement belle même. Ses yeux, surtout, étaient étonnants. À se demander leur couleur. Il croyait se rappeler que sa mère avait été un top model célèbre. Ceci expliquait peut-être cela. Il fut coupé, au milieu de ses réflexions, par Clémentine demandant à mi-voix :

– Tu veux ma photo ?

Il allait répondre quelque chose, au hasard, Franck le devança :

– Je répète : j'ai horreur des messes basses.

Le directeur artistique répliqua calmement :

– Elle me disait que, ce soir, tu vas casser la baraque.

Béranger sentit la main se serrer un peu plus fort sur la sienne. Du coup il replongea dans ses pensées. Avait-elle un autre petit ami, maintenant qu'elle n'était plus avec Christophe Nolan ? Oui, forcément. Une très belle fille n'est jamais seule. Qu'elle soit intelligente ou bête, riche ou pauvre, pleine d'humour ou aussi pétillante qu'une citrouille, une très belle fille n'est jamais seule. L'espace d'un instant, il fut désespéré. Surtout ne pas se mettre en tête de faux espoirs. D'un autre côté, cette main toujours dans la sienne…

Ils tournaient depuis vingt minutes dans Dieppe, cherchant le Casino. Franck s'énervait de plus en plus, enfilant des rues au hasard. Soudain, il freina net.

– Nom de Dieu ! Vous avez vu ?

Personne n'avait vu.

Il fit une brusque marche arrière qui arracha un furieux concert d'avertisseurs à une file de voitures jusqu'ici bien calme, et pila net devant une affiche : elle annonçait, au Casino, Tony Murano avec des gros caractères et Franck Villemin, en première partie, avec des caractères plus petits.

– Je rêve ! Moi, en début de programme, ce connard de Murano en vedette ! Et c'est Tommaso, mon ami Tommaso, qui a organisé le concert ! Il est fou ! Complètement fou ! Jamais ! Jamais je ne passerai en lever de rideau !

– Calme-toi, dit Clémentine, allons au Casino. C'est forcément une erreur.

Béranger, qui tenait à rester en vie, en profita pour proposer de prendre le volant. Le chanteur accepta sans même y faire attention tant il était occupé à répéter : « Ça ne se passera pas comme ça ! Ça ne se passera pas comme ça ! »

Quand ils arrivèrent au Casino, Tony Murano, sur scène, répétait avec ses musiciens. Villemin repéra rapidement le directeur de la salle et se précipita pour lui demander des explications : non, pas d'erreur, le programme, organisé depuis Paris, prévoyait bien le jeune chanteur en vedette. Franck n'en croyait pas ses oreilles. Pourquoi, mais pourquoi Georges ne l'avait-il pas prévenu ?

– Parce que, fit Béranger, il savait que, dans ce cas-là, tu ne viendrais pas.

– Bien sûr, que je ne serais pas venu ! cria Villemin, de plus en plus énervé, il y a un quart de siècle que je chante en vedette, c'est pas à 50 balais que je vais laisser la place à un guignol de 23 ans !

Morel tenta de lui expliquer que l'idée de Tommaso se défendait. Tony étant actuellement dans le Top 10, participer aux mêmes concerts que lui ne pouvait qu'aider le redémarrage de Franck et...

Mais Villemin ne le laissa pas continuer :

– Si je comprends bien, tu étais au courant ?

– Exact.

– Et vous ? fit Franck, s'adressant à Isabelle et Clémentine.

Elles ignoraient. Le directeur artistique confirma.

– Je vois, dit Franck, en le foudroyant du regard, Georges et toi pensiez qu'une fois au pied du mur, j'accepterais la situation.

– Parce que tu es un pro et que tu dois comprendre où est ton intérêt.

Cette fois, le chanteur hurla littéralement :

– C'est parce que je suis un pro que je refuse !!!

Et il ajouta, à bout d'énervement :

– Je vais parler à ce minus de Tony.

La confusion devint alors générale : Béranger le suppliait d'être raisonnable, Clémentine et Isabelle s'accrochaient à lui pour l'empêcher de monter sur la scène, tandis que le directeur du Casino répétait sans cesse qu'il n'y était pour rien. Le vacarme devint si intense que les musiciens de Tony Murano s'arrêtèrent de jouer. Du coup, c'est avec beaucoup d'appréhension que le jeune chanteur vit arriver vers lui un groupe gesticulant.

– Salut Tony, fit Franck, en essayant de se contenir. Faut que je te parle. Je pense que tu vas comprendre : il est impossible que je passe en première partie.

Murano le dévisagea en se demandant ce que cela pouvait bien signifier.

– Où veux-tu passer, alors ? demanda-t-il.

Là, tous se mirent à parler en même temps et ce fut avec beaucoup de difficultés que Murano parvint à saisir qu'on lui demandait d'abandonner sa place de vedette.

– Voyons Franck, dit-il gentiment, tu le savais qu'on était programmés ensemble dans le même concert.

– Tu crois que je me doutais qu'on me reléguerait en début de spectacle ?

– Je dois avouer, répondit Murano en réprimant un sourire, que l'idée qu'on puisse te mettre en vedette ne m'était pas venue.

– Tu oublies que ça a été ma place pendant vingt-cinq ans ?

Le jeune chanteur, commençant à perdre patience, répliqua sèchement :

– Tu oublies que c'est en ce moment que je suis en tête des ventes et que, ce soir, le public sera là pour moi.

– Quoi, pour toi ? Quoi, pour toi ? Qu'en sais-tu ?

– Je le sais parce que, partout où je passe, seul, la salle est pleine.

– Moi aussi, je les remplis les salles !

– Tu les remplissais, fit ironiquement Tony.

Le ton déplut à Villemin. Sa voix monta d'un ton pour répliquer :

– Et alors ? Ils sont tous morts, ceux qui m'aimaient ? Ils sont tous à l'hôpital, ceux qui venaient me voir ? Mon absence les a terrassés ?

Et Franck se mit à hurler, de plus en plus fort, retenu difficilement par Clémentine, Béranger et Isabelle.

– Je vais te dire une chose, Tony, aboya-t-il, tous les gens qui seront là ce soir, viendront pour moi ! Tu entends ? Pour moi ! Quant aux malheureux qui ont été te voir dans d'autres galas, je suis sûr qu'ils sont dégoûtés de la chanson pour le restant de leurs jours !

– L'avis d'un retraité, j'en ai rien à foutre !!!

Franck lui envoya une gifle énorme à laquelle le jeune chanteur répliqua aussitôt par un coup de poing. Et avant que les témoins puissent intervenir, ils s'empoignèrent avec frénésie.

On tenta de les séparer mais ce fut difficile. Ils se débattaient, frappaient au hasard, cherchant à échapper à ceux qui les retenaient, pour encore se précipiter l'un sur l'autre en se traitant réciproquement de 'papy périmé' et de 'rocker merdique'. Tout cela au milieu d'une petite foule de machinistes et musiciens – goguenards ou réprobateurs – avec, dominant le vacarme, la voix affolée du directeur du Casino répétant : « S'il vous plaît messieurs, vous êtes des artistes ! S'il vous plaît, vous êtes des artistes ! »

Une fois dehors, nez en sang et vêtements déchirés, Franck, sans reprendre son souffle, se précipita sur sa voiture, suivi par les trois autres qui devaient courir pour être à sa hauteur. Il se retourna soudain sur Béranger et lui dit d'un ton définitif :

– Toi, je ne veux plus te voir !

Et il démarra à toute allure, le laissant sur le trottoir en compagnie de Clémentine. Isabelle eut juste le temps de monter. Villemin était déjà à cent mètres qu'elle luttait toujours pour refermer la portière.

Béranger en resta interdit. Alors là, ça dépassait tout. Il en avait vu des caractériels, des fragiles, des émotifs. Des qui se roulent par terre parce qu'on leur dit qu'ils ne chanteront qu'un seul titre dans l'émission au lieu des deux prévus, des qui hurlent : « Si j'ai pas ma veste bleue je fous le camp ! » Et qui chantent quand même avec un blouson rouge. Il en avait croisé des surcompressés du ciboulot qui se prenaient pour Michaël Jackson et d'autres, moins atteints, qui croyaient être le Bon Dieu. Mais Franck Villemin, lui, les enterrait tous ! Se battre avec un chanteur parce que celui-ci refuse de lui laisser sa place logique de vedette ! Abandonner un concert, s'enfuir en laissant en pleine rue sa fille et son directeur artistique ! À 170 kilomètres de Paris !

– Cool, fit Clémentine, on n'est pas non plus au milieu du désert de la Mort.

– Et on rentre comment ? Hein ? On rentre comment ?

– Le train, tu connais ?

Béranger Morel, subitement calmé, l'observa avec une curiosité extrême, de la même façon qu'un spécialiste des OVNIS examinerait une extraterrestre avec trois pattes et deux têtes. Elle paraissait sereine, peu choquée par l'événement. Alors, ça ne la gênait pas d'être larguée par son père sur le trottoir comme une vieille bicyclette rouillée ? Que le chanteur soit furieux contre son directeur artistique, qui lui avait caché la vérité, pouvait se comprendre, mais elle, elle n'était pour rien dans l'affaire.

Clémentine s'empêchait de rire devant la rogne de son compagnon involontaire. Comment lui expliquer que, ça aussi, elle connaissait ? Quand elle était petite, son père l'avait oubliée dans des parkings, des magasins, des salles de concert ; l'avait perdue dans des rues, des fêtes foraines, des gares. Sa mère, affolée, l'avait récupérée dans des commissariats, chez des voisins, dans des centres d'accueil pour enfants abandonnés. Après quoi, exaspérée, la maman traitait le papa d'irresponsable, d'égocentrique, de gamin, d'inadapté familial, de danger public !

À l'époque la fillette comprenait mal ces explosions maternelles. Elle trouvait toutes ces aventures drôlement marrantes. Au commissariat, les flics lui avaient appris à jouer à la belote ; dans un grand magasin, des vendeuses s'étaient cotisées pour lui acheter un énorme paquet de bonbons ; dans un aéroport, les hôtesses lui avaient montré comment on dit dans le micro : « Les voyageurs en direction d'Acapulco sont attendus porte 12. »

– D'accord, dit Béranger, agacé. Puisque c'est une chose marrante de te perdre, de t'oublier, j'en passe, n'en parlons plus. Bon ! On va à la gare ?

– J'ai une autre idée. Nous sommes vendredi. Si on restait ici deux jours ? C'est sympa, Dieppe, non ?

Béranger fut autant pris de court par la proposition que par la main qui revenait dans la sienne. Il se réjouit, néanmoins, d'avoir divorcé il y a deux ans et de n'avoir rien à faire d'urgent ce week-end. Pourtant une chose le tracassait : pourquoi lui, pas très beau, pas très jeune ? Une fille pareille pouvait séduire un grand acteur d'Hollywood ou un prince italien. Mais au lieu de poser cette question avec des phrases délicates, des mots qui auraient pu mettre en valeur sa profondeur philosophique et son sens corrosif de la répartie, il répondit avec une platitude qui le déprima aussitôt :

– Ok, Clémentine, mais ça me fait drôle. Je pourrais être ton père, tu sais ?

La fille répondit en éclatant de rire :

– Coup de bol, tu ne l'es pas.

Puis elle enchaîna aussitôt :

– Nous allons prendre une chambre donnant sur la mer. Mais à deux conditions : premièrement, tu n'emploies pas le mot amour, ça me met mal à l'aise ; deuxièmement, ce soir, au dîner, pour me faire rire, tu commandes de la crème Chantilly pour mettre sur tes huîtres.

Béranger l'observa avec surprise. C'était quoi, ce caprice idiot ? Elle le prenait pour qui ?

– Pas question, dit-il, tu me mets mal à l'aise. On rentre à Paris.

26

Le lundi matin, Franck Villemin, chez lui, terminait le petit déjeuner, face à Isabelle, lorsque Clémentine sonna. Son père ouvrit la porte et immédiatement réagit avec violence :

– Ah te voilà enfin ! Je peux savoir pourquoi, vendredi soir, à Dieppe, tu n'es pas repartie avec nous ? Et pourquoi tu n'as pas appelé pendant ces deux jours ? Ce qui m'arrive, alors, tu t'en fous ! Je peux percuter un arbre, emboutir un cinq tonnes, c'est pas tes oignons ! J'ai appelé trente fois ton portable : messagerie ! Où étais-tu ?

Clémentine se contenta de demander posément :

– Je réponds à toutes tes questions en même temps, comme tu les poses, ou je les prends une par une, comme tu ne fais pas ?

Désarçonné par son calme, le chanteur se contenta de grogner qu'elle pouvait faire comme elle voulait. Sa fille expliqua donc, toujours calmement, que si elle n'était pas rentrée avec lui, vendredi soir, c'est parce qu'il avait démarré sur les chapeaux de roues en la laissant sur le trottoir.

– Sur les chapeaux de roues ! Toi et ton sens de l'exagération !

– Il faut quand même avouer, commença Isabelle...

– Tu te tais ! coupa le chanteur.

Clémentine fit signe à la copine de papa de ne pas s'en mêler. Inutile d'ajouter une scène de ménage à la situation déjà tendue. La directrice de la promo hésita entre lancer sa tartine sur son ami ou partir dans la dignité ; réflexions faites, elle prit la décision de jouer l'indifférence et se réfugia dans son thé citron pendant que Clémentine continuait, imperturbable :

– Mon sens de l'exagération n'a rien à voir là-dedans. Je te rappelle que ta chère et tendre, ici présente, a tout juste eu le temps d'ouvrir sa portière. Pour un peu, tu la traînais dans la rue.

– N'importe quoi, fit Franck. Tu ne vas pas faire un drame pour un départ rapide ? J'ai toujours démarré avec vivacité.

– En me laissant sur le trottoir à chaque fois ?

– Tu aurais pu courir derrière la voiture, je me serais arrêté et…

– Bon ! coupa Isabelle, ce n'est pas que je m'ennuie mais je vais vous laisser laver votre linge sale en famille.

Franck, sincèrement surpris, tenta de la dissuader mais, sans répondre, elle récupéra ses affaires en deux mouvements et, juste avant de sortir en claquant la porte, se contenta de dire : « Fais comme si c'était un courant d'air qui passe. »

– Incroyable ! Pour un mot de travers !

Clémentine abonda ironiquement dans son sens et lui expliqua qu'il n'avait surtout pas à se sentir coupable. Les femmes étant de petites choses fragiles, il suffisait qu'on les traite comme des nulles, des moins que rien, des êtres de deuxième catégorie, pour qu'elles en soient stupidement fâchées.

– C'est un genre d'humour qui ne me fait pas rire, dit son père. Revenons à nos moutons : où étais-tu, ce week-end ?

– Où tu m'as laissée. À Dieppe. Avec Béranger.

Il en ouvrit la bouche d'étonnement.

Sa fille ? Deux jours avec ce crétin qui voulait le faire passer en début de programme ! Comment une chose aussi tragique était-elle possible ? Il avait bien entendu ou il lui fallait désormais un sonotone ?

– Nous étions énervés par cette histoire, confirma Clémentine. Nous avions besoin d'un peu de calme. On s'est trouvé un hôtel face à la mer. Chacun sa chambre. Ça nous a fait du bien.

Le 'chacun sa chambre' rassura Franck.

– Tout de même, fit-il avec une fausse compassion, un week-end avec ce type ! Le temps a dû te sembler long. En ce qui concerne la chanson, il est supportable mais, pour le reste, quel bonnet de nuit !

– Il y avait la mer, dit platement Clémentine.

'Chacun sa chambre'. Franck se demanda si elle disait la vérité. Oui, forcément. Qu'elle couche avec un homme aussi peu séduisant n'était pas concevable. Il y a des choses impossibles. Car il fallait voir la réalité en face : ce demeuré était moche, ce qui ne l'empêchait pas d'être vieux, maigre, petit, chauve. Plus horrible que lui, on ne pouvait guère trouver que Frankenstein. Donc sa fille était toujours vierge. Il n'avait aucune raison de se poser des questions aussi absurdes.

– Bon, dit-il joyeusement, on n'en parle plus.

– Ce n'est pas mon avis : je suis venue te demander des excuses. Il est inadmissible que tu m'abandonnes à 170 kilomètres d'ici avec une personne que je connais à peine et que tu m'obliges à revenir en train.

Cette fois, son père ne comprit pas du tout. Des excuses ? Pour un problème d'embrayage ? Alors que, de son côté, elle l'avait laissé sans nouvelles pendant deux jours ! À se morfondre d'angoisse, à imaginer le pire, à passer son temps à téléphoner partout – y compris au Casino de Dieppe ! – pour tenter de savoir où elle était. Il en conclut que, s'il existait au monde une personne, une seule, n'ayant aucune raison de s'excuser, c'était bien lui.

– Parfait, dit-elle en élevant la voix, en attendant que tu changes d'avis, on ne se verra plus et on ne s'appellera plus !

– S'il te plaît, ne sois pas stupide, il y a...

– Il faut que tu comprennes, papa, le coupa-t-elle en s'énervant, quand j'étais petite tu m'as perdue, oubliée, abandonnée, et j'ai toujours trouvé ça marrant. Mais j'ai 22 ans et ça ne me fait plus rire !

Elle cria les derniers mots :

– C'EST CLAIR OU JE LE REDIS ENCORE UNE FOIS ?

Il ne l'avait jamais vue en colère. Toujours la lumière, jamais les ténèbres. Toujours la mer calme, jamais la tempête. Et voilà que la douce, la tendre, la fille-fleur puis la femme-fruit, se mettait à crier. Il alla vers elle, bouleversé, et tenta de la prendre dans ses bras.

– Que se passe-t-il, ma petite fille ?

– Me touche pas, dit-elle hargneusement.

Il voulut, malgré tout, continuer son geste. Elle hurla :

– ME TOUCHE PAS !

Il s'immobilisa net. C'était son enfant, ça ? C'était son oiseau-soleil, ça ? Cette furie qui refusait d'être touchée par son père ? Alors il ne restait rien de toutes ces années passées à vivre collés l'un à l'autre ? Alors il ne restait rien de tous ces baisers qu'ils s'étaient faits sur le nez ou sur les yeux ? Quand elle avait dix ans, ils pouvaient passer des heures ensemble sans se dire un mot et sans s'ennuyer ; à quatorze ans, il allait encore la border le soir dans son lit, malgré une belle-mère qui grognassait : « Je te signale Clem que se faire border par son petit papa à ton âge, ça fait attardée. » Et lui, large d'esprit, disait : « Voyons, laisse-la, si ça lui fait plaisir. »

Alors, de tout cela il ne restait rien ?

– Tu connais mon numéro, fit l'attardée, en allant vers la sortie. Quand tu veux t'excuser, tu m'appelles. Autrement, inutile.

Il aurait voulu expliquer plein de choses, mais les idées ne parvenaient pas à se mettre en place et les mots encore moins.

– Je ne suis pas seulement ta fille, je suis aussi un être humain et j'ai droit à un minimum d'égards.

Elle sortit en claquant la porte comme l'avait fait Isabelle et s'obligea à descendre par l'escalier. Lentement. Très lentement.

Un mufle ! Mon père est un mufle ! Ras-le-bol ! Et toujours des problèmes. Immersion dans les problèmes. Et toujours à compter sur fifille pour recoller les morceaux du corps, fermer les trous du cœur. Pourrait pas compter un peu sur ses bonnes femmes ? Ça sert à ça, les bonnes femmes, non ? Panser les blessures, nettoyer les âmes, calmer les nerfs. En répétant deux mille fois au guerrier qu'il est le plus fort, le plus malin, le plus séduisant et, surtout, le meilleur baiseur du monde. Ça, c'est le plus important. Ne jamais dire à un homme : « T'es beau Théodule, t'es intelligent, t'es riche mais tu baises comme un pied. » Jamais. Autrement, c'est la scène de ménage meurtrière. Cela peut même aller jusqu'à la clinique psychiatrique. Pour Théodule.

Clémentine, machinalement, s'assit sur une marche de l'escalier et fit le tour de la situation. Conclusion évidente : marre de mon père. Et marre de moi ! Pourquoi n'avoir pas parlé de Béranger ? Pourquoi n'avoir pas dit simplement : « Ben oui, on a couché ensemble, après s'être engueulés, et alors ? » Mais non : 'Chacun sa chambre'. N'importe quoi. Lui, il me les présente toutes. Toutes ! Les Laetitia, les Marion, les Mathilde ! Moi, jamais. Il ne sait rien. Parce que je ne lui dis rien. Je parie qu'il me prend pour la Sainte Vierge. Pourquoi ne jamais parler de ça ? Je me conduis comme une épouse adultère avec son mari.

Toujours assise sur son escalier, peu à peu le souvenir lui revint de son cher papa dépassé par cette colère inhabituelle, la contemplant avec la mine ahurie d'un diminué des méninges. Qu'est-ce qu'il était drôle ! L'oiseau-soleil en colère ! Anéanti, le paternel ! Traumatisé, l'auteur de ses jours ! Elle revit sa bouche ouverte, ses yeux dilatés et, du coup, éclata de rire. Elle aurait dû réagir de cette façon bien plus tôt ! Et lui, avec sa voix blanche : « Gnagnagna, ma petite fille. » Tu parles ! Une petite fille d'un mètre soixante-douze !

Elle était encore en train de s'esclaffer quand un vieux monsieur sortit avec difficultés de l'ascenseur. La voyant hilare, assise sur l'escalier, le rimmel en chute libre, il s'arrêta net et la dévisagea avec inquiétude. Pour le rassurer, Clémentine lui expliqua qu'elle ne riait pas toute seule : juste une quinte de toux.

– Je comprends, dit poliment le vieux monsieur.

Et il tenta d'ouvrir sa porte rapidement en se retournant souvent, histoire de voir si la fausse tousseuse ne s'apprêtait pas à lui sauter dessus.

En l'entendant fermer ses nombreux verrous, Clémentine pensa soudain : « Est-ce que papa aussi, un jour, sera comme ce vieillard ? Tassé. Malhabile. Effrayé. Mon père, un vieux bonhomme ? »

Que faisait-il en cet instant ? Devait tourner en rond. Chercher à comprendre. « Peut pas comprendre, n'a jamais été lucide. Marre de ce mec ! »

D'un autre côté, ils en avaient vécus ensemble des moments formidables. Tiens ! Quand il faisait un poker avec des amis et qu'ils trichaient tous les deux, ça c'était génial. Elle avait quoi ? Huit ans ? Lui, jouait ; elle, tournait autour de la table. On ne se méfie pas d'une gamine. Ensuite, dans un code bien établi, elle disait à son père qui avait quoi. Il gagnait bien sûr et, en récompense de ses services, l'inondait de cadeaux : bonbons, BD, jeux vidéo, vêtements. Mais la plus merveilleuse récompense était d'aller, elle et lui, rien qu'eux deux, au Mac-Do, pour se goinfrer de hamburgers noyés dans des tonnes de ketchup. Tous les clients dévisageaient son père et certains venaient lui demander un autographe. De temps en temps, ils en demandaient aussi à 'la petite'. La petite, gravement, sortait un crayon orange, écrivait 'bisou' et en-dessous dessinait un rond puis disait au fan : « Ma signature c'est une clémentine. Comme moi. »

C'était vraiment la belle vie.

À nouveau, elle éclata de rire en repensant au jour où, ayant gagné une grosse somme, son père s'était écrié : « Demande-moi ce que tu veux, je te l'achète. » Elle avait voulu des chaussures en croco. Ça lui paraissait si étrange qu'on puisse transformer un crocodile en godasses. Il s'était exécuté – sans pouvoir trouver sa pointure néanmoins, ce genre d'article se faisant peu pour les filles de son âge – et, de plus, le soir au Mac-Do, la gamine avait eu l'autorisation exceptionnelle de boire une bière dans un petit verre.

Le bonheur à l'état brut.

Quand il l'avait ramenée chez sa mère deux heures après, quelle histoire ! Elle entendait encore la scène :

– Franck, tu as pris Clémentine pour trois jours ! Crois-tu qu'il soit normal qu'une fillette de huit ans revienne pompette avec, aux pieds, des grolles en croco qui font au moins du trente-huit ?

– Je ne vois pas où est le problème ? disait papa, sincèrement étonné.

– Franck, que ce soit bien clair : tu as ta fille un week-end sur deux, mais tu es prié de la ramener dans l'état où tu souhaites la trouver en la prenant !

« Pauvre maman », sourit Clémentine sur son escalier.

Comment prenait-il la situation, en ce moment, là-haut ? Il était malheureux, forcément. Si le seul être qu'on aime vous plaque, on est malheureux. Cela dit, l'affection n'exclut pas la courtoisie. On peut aimer quelqu'un et ne pas se conduire comme un gougnafier sous prétexte de grands sentiments. Il fallait quand même lui donner une leçon.

D'un autre côté, le but étant de marquer le coup pour que la chose ne se reproduise plus, à première vue : opération réussie. Il n'allait pas oublier de sitôt. Conclusion : exiger des excuses n'était-ce pas exagéré ? Ça frôlait le manque de délicatesse. Alors, quelqu'un commet une erreur et, pour être pardonné, il doit venir se traîner à vos pieds, s'aplatir comme une carpette ? Quelle attitude mesquine ! Comment être mesquine avec un papa qui vous apprend à tricher aux cartes à six ans, vous saoule à huit et vous offre des tatanes pour géante ? C'était une attitude totalement déplacée.

Elle se leva soudain et remonta l'escalier en courant.

27

Le mardi matin, Georges Tommaso marchait dans son bureau, de long en large, en triturant nerveusement son oreille. Comment lui proposer l'affaire ? Mieux valait être subtil. D'autant plus que, samedi, Frank l'avait déjà insulté pendant une heure au téléphone à propos de Dieppe. L'agent en frémissait encore. Le taux de décibels déversés avait certainement été supérieur à celui d'un concert rock :

– Je te préviens, Georges, tu me refais un coup pareil, je quitte ton agence !!! Non mais tu te rends compte, moi, en première partie !

– C'était pour ton bien et...

– Je sais où est mon bien !!! Et essaye de mettre ça dans ton crâne d'oiseau : je préfère rester dans mon lit plutôt que passer en second où que ce soit !!!!!! Où que ce soit !!!!! Compris ?

C'était sans ambiguïté possible. Pour ne pas comprendre, il eût fallu être dégénéré de père en fils depuis les premiers homo-sapiens. Le gros de la tempête s'étant éloigné, on pouvait maintenant lui proposer l'affaire. Malgré tout, l'agent, inquiet, avait appelé Clémentine pour lui demander son avis :

– D'après toi comment va-t-il réagir à cette proposition ?

La fille s'était contentée de répondre :

– Ça dépend : tu es au téléphone et il peut te raccrocher au nez ; tu es face à lui et il peut te mettre un coup de boule ; en revanche, dans les deux cas il est possible qu'il te dise oui.

Tommaso en avait conclu que mieux valait téléphoner.

Sa surprise fut grande de trouver, à l'autre bout du fil, un Franck tout joyeux qui, sans lui laisser le temps de parler, expliqua, en une seule phrase, que Clémentine et lui-même avaient fait la paix, que, du coup, il s'était excusé auprès de Béranger pour être parti peut-être un peu vite l'autre soir (son directeur artistique d'ailleurs ne lui en voulait pas, ayant trouvé Dieppe fort agréable) et que, de plus, ce matin, alors là, tiens-toi bien, j'ai entendu *Lune verte et soleil bleu* à deux reprises ! Une fois sur France-Inter, l'autre sur RTL.

– C'est super tout ça, disait régulièrement Tommaso. Justement, euh... dans le même ordre idée, j'ai une proposition à te faire.

– J'adore les propositions. Je t'écoute.

– Tu te doutes bien que tout le métier est au courant de ta bagarre avec Murano. Figure-toi que j'ai reçu une offre de l'Agence Foca – si tu es d'accord, bien sûr – il s'agirait de retourner, toi et Tony, au Casino de Dieppe et de mimer votre pugilat devant un photographe. Il n'y en avait aucun, comme tu sais, lorsque c'est arrivé. Même les quelques témoins de l'incident ont été si dépassés que personne n'a filmé avec son portable. Ce serait déjà sur la Toile.

Aucune réaction de l'autre côté. Tommaso, après un instant, demanda avec inquiétude :

– Tu m'écoutes, Franck ?

Il écoutait, Frank. Mais au comble de l'étonnement. Il se sentait méprisé. Lui, aller faire semblant de se bagarrer avec le débile du Top 10 ? Et puis quoi encore ? On le prenait pour un robot ? Aucun sentiment humain, rien que des fils électriques à la place du cœur ?

– Tu es toujours là ? répétait Tommaso.

– Je suis toujours là.

Ouf ! pensa l'agent, le boxeur d'artistes est vivant et calme. Il n'insulte pas, ne hurle pas, ne raccroche pas. Bon début. Deuxième acte : enfoncer le clou. Il expliqua donc, en détails, que des coups de poing échangés entre deux artistes connus devraient passionner les médias et que, l'onde de choc créée par la mort de Joanna Conti commençant à s'estomper, ce genre de bagarre inhabituelle pourrait relancer la machine publicitaire.

Villemin l'écoutait avec attention en se disant toutes les cinq secondes : « On ne s'énerve pas, on reste calme. » À la fin de la démonstration, il se contenta de signaler, avec ironie, qu'un 'détail' ne devait pas être négligé : après la gifle reçue par Tony au début de l'altercation, il serait étonnant que ce dernier accepte cette absurde proposition.

– Alors sois étonné : je l'ai contacté, il est d'accord. Ainsi que le directeur du Casino.

Cette fois, un long silence s'installa sur la ligne. Franck n'en revenait pas. Alors tout le monde acceptait cette comédie ? Aucun honnête ne disait : « C'est pas correct. » Aucun intègre ne faisait : « Là, c'est trop. » Juste des bouffeurs de fric qui pensaient que le truc, le machin, le bidule, pouvait rapporter gros.

Il tenta d'évaluer l'affaire avec sérénité.

Toutes réflexions faites, cette proposition, moralement, on pouvait trouver mieux. Mais, dans le fond, des photos bidons est-ce dramatique comparé à la souffrance du monde ? Et qui serait lésé ? Personne. Dans ce cas, un mensonge qui ne gêne personne où est le problème ? Sans compter que c'est ce prétentieux de Murano qui faisait figure d'offensé, puisque c'est lui qui avait reçu la première beigne et il était partant. Conclusion : le giflant peut-il être plus intransigeant que le giflé ?

Peu à peu Franck sentait ses doutes se dissiper. Après tout, ce serait aussi l'occasion de – non pas présenter des excuses à Tony, faut pas exagérer – mais, au moins, de lui montrer que lui, Franck Villemin, était assez large d'esprit pour oublier avoir reçu un coup de poing dans le nez. D'ailleurs, à bien y réfléchir, ce Murano n'était pour rien dans l'affaire. Son agent lui avait dit : « Tu passes en vedette », il passait en vedette. Quand on est N° 1 des ventes c'est une place logique.

« Encore faudrait-il contrôler les chiffres officiels, parce que N° 1, N° 1, facile à dire ». Villemin ne pouvait s'empêcher de penser qu'il était impossible que ce connard vende plus de disques que lui.

Le lendemain, toute l'équipe se retrouva dans les coulisses du Casino de Dieppe. Franck et Tony, ravis de se revoir, se donnèrent l'accolade, sans parler de la bagarre, et convinrent que cette histoire de passer ou non en vedette était stupide ; que vu leur talents respectifs ils pouvaient se permettre d'être placés n'importe où, mais alors n'importe où, et que tout le monde ne pouvait pas en dire autant. En approfondissant la question, ils tombèrent vite d'accord pour dire que, de toute façon, à part eux deux, aucun chanteur actuel n'était valable sur scène : tous des potiches avec des jeux de scène de poteaux électriques.

On dut leur rappeler plusieurs fois que le but de la rencontre était de mimer une bagarre et, s'ils acceptèrent de cesser enfin leur séance de congratulations, c'est uniquement parce qu'on leur montra, avec insistance, le photographe de l'Agence Foca qui, appareils prêts, les attendait avec impatience.

Béranger Morel avait mis au point, à l'intention des médias, une histoire où chacun des combattants se voyait attribué un rôle valorisant. Il ne fallait surtout pas qu'il y ait un vainqueur et un vaincu.

– Donc, dit le directeur artistique, voici ce que, tous, nous devons raconter : « À Dieppe, Tony embrasse Clémentine dans le cou, sans son autorisation. Du coup, elle le remet vertement en place. Murano, vexé, le prend de haut. Là-dessus, Franck arrive, demande ce qui se passe, le ton monte, tout le monde s'énerve de plus en plus et crack ! Vous comprenez le principe ? Le rôle est positif pour chacun. Tony, c'est le séducteur qui se croit tout permis. Excellent pour son image. Franck, c'est le redresseur de torts qui n'accepte pas qu'on manque de respect à une femme. Excellent aussi pour lui ».

– Petit détail, intervint Clémentine : mon père qui tape un type pour défendre ma vertu, je me demande si c'est crédible ?

– C'est très près de la réalité, fit Isabelle.

Clémentine la mitrailla du regard :

– Ce genre de réflexions, tu te le gardes !

– C'est ce que je fais d'habitude, répliqua l'autre.

Béranger s'interposa. On était là pour photographier un combat de mecs, pas un crêpage de chignons entre nanas.

– Tout le monde en place, hurla-t-il, on commence !

Les chanteurs eurent beaucoup de mal à prendre l'air furieux. Chaque fois qu'ils s'agrippaient, tous deux partaient d'un énorme fou-rire et, quand venait le moment de donner un coup de poing, chacun recommandait à l'autre de ne pas le décoiffer ni de froisser ses vêtements. Le directeur artistique râlait en rappelant qu'ils n'étaient pas en train de déguster une tasse de thé dans le salon d'un grand hôtel et terminait chaque fois, de plus en plus exaspéré, en criant :

– Je veux de la hargne dans l'action ! De la méchanceté dans le regard !

Du coup, les combattants repartaient de plus belle dans leurs éclats de rire.

Finalement, de mimiques désopilantes en grimaces dramatiques, de coups de poing ratés en tapes dans le dos réussies, après trois heures de prises de vue, le photographe parvint à fixer quelques scènes où les chanteurs avaient un air vaguement désagréable.

Tous furent d'accord pour convenir que, si ce reportage accrochait, on en ferait un autre dans un mois ou deux : la réconciliation de Villemin et Murano.

Franck et Tony ne voulaient plus se quitter et tenaient à rentrer à Paris dans la même voiture. Isabelle dut leur rappeler qu'ils étaient officiellement fâchés et que, moins on les verrait ensemble, plus l'histoire serait crédible. Ils acceptèrent à contrecœur de repartir dans des véhicules séparés mais, pour compenser, jurèrent de s'appeler tous les jours et ne le firent jamais.

*

L'affaire de la bataille dieppoise fut très médiatisée. Franck Villemin participa à de nombreuses émissions et, scrupuleusement, raconta l'histoire convenue. Tony Murano participa aux mêmes émissions mais un jour différent. Les producteurs préféraient les séparer afin d'éviter qu'ils ne se rencontrent et mettent du sang partout. Tout en espérant, bien sûr, que, par hasard, ces excités se retrouvent face à face et se tapent dessus ! C'eût été l'idéal. Des pains en pleine tronche devant les caméras ! Une scène à faire exploser l'audimat !

Les artistes, eux, vivaient dans la crainte de se croiser et d'éclater de rire.

Sept magazines firent leur couverture avec l'affaire. D'autres se contentèrent de pages intérieures mais tous les médias en parlèrent.

Franck reçut de nombreuses lettres qui le félicitaient pour sa conduite. « Embrasser une jeune fille sans son consentement, quelle époque ! » Tony de son côté reçu des mails et des texto de la part d'une centaine d'admiratrices, de douze à seize ans, qui lui signalaient que, s'il voulait les embrasser, leur papa ne poserait aucun problème puisqu'elles ne lui en parleraient pas.

Dans les semaines qui suivirent, les ventes de disques des deux chanteurs augmentèrent sérieusement. Murano, déjà N° 1, ne put que renforcer sa position mais Villemin passa de la dix-septième à la douzième place et atteignit cent mille exemplaires (Isabelle Bernou disait trois cent mille).

Radios, galas, télés se succédaient.

Franck planait dorénavant dans un ciel sans nuages. Tout le monde voulait l'entendre, le voir, tout le monde disait que sa voix n'avait jamais été aussi attractive et ses chansons aussi formidables. Il retrouvait enfin l'atmosphère délicieuse des vieilles comédies musicales américaines où les soucis n'existent pas : Fred Astaire, fou de bonheur parce qu'il est aimé de Ginger Rogers, se met à faire des claquettes à trois heures du matin et les voisins du dessous ne tapent pas au plafond ; Gene Kelly, sous des trombes d'eau, chante *Singing in the rain* sans être mouillé ; et lorsque Cyd Charisse danse sur l'herbe d'une prairie, ses belles ballerines blanches refusent miraculeusement de se salir.

Enfin, il retrouvait la vraie vie.

28

Béranger Morel coupait des tomates. La salade était son exclusivité : il ne déléguait à personne le droit de la préparer. Clémentine acceptait cette situation, somme toute supportable, en lui laissant croire, admirative, qu'il était le prince de la salade et le roi de la vinaigrette, sachant pertinemment que certains hommes sont ravis de pouvoir montrer qu'ils participent à la vie ménagère même dans des proportions infimes. Ce soir, donc, chez lui, ne perdant aucun des gestes de l'assassin de tomates, elle s'obligeait à l'observer avec autant d'intérêt que si elle avait regardé un artificier en train de désamorcer une bombe issue de la guerre 14/18.

Elle se sentait bien avec ce Béranger. Et cela la déroutait. Il lui avait toujours été sympathique mais sans plus. Comme tout homme moyennement ennuyeux, moyennement intéressant, qu'on croise de temps à autre et dont on n'attend pas grand-chose.

Si, en allant à Dieppe, elle s'était emparée de sa main dans la voiture, c'était uniquement pour empêcher une dispute avec son père et si, ensuite, elle avait décidé de rester avec lui là-bas, dans cet hôtel près de la mer, c'était plutôt la faute aux circonstances. Elle avait été, sans le montrer, si furieuse contre le comportement de son papa et s'était sentie, en plus, effrayée par la perspective d'un week-end solitaire et renfrogné. Parfois, il suffit à un homme d'être là au bon moment.

Leur liaison n'avait rien à voir avec l'amour, bien entendu. Cela n'empêchait pas Clémentine de le trouver agréable ce type. Et tellement ouvert. À Dieppe elle avait tenté un de ses caprices habituels – tu vas commander de la crème chantilly pour mettre sur tes huîtres ! – il s'était refusé à jouer à ce jeu idiot et elle avait dû mettre beaucoup d'eau dans son vin pour qu'il ne prenne pas immédiatement le train pour Paris.

Sans elle.

Sur tous les plans, ce bonhomme semblait positif. Au point qu'elle en était souvent agacée. Parfois, l'envie la prenait de l'ouvrir comme on ouvre une poupée russe pour voir si, à l'intérieur, se trouvait vraiment un être humain et non une image virtuelle. Car enfin, est-ce possible un mec sans défauts ?

Faut dire que Clémentine avait toujours eu tendance à aller vers les robotisés, les programmés, ceux qui parlent comme au Café du Commerce et pensent comme un presse-purée. Sa mère le lui avait fait souvent remarquer : « On te met devant deux hommes, un bon et un mauvais, chaque fois tu prends le mauvais. »

Du coup, inquiète, Clémentine observait souvent Béranger à la dérobée. Si sa nature la condamnait à toujours être attirée par des imbuvables, peut-être en était-il un, lui aussi ? Peut-être cachait-il son jeu, pour l'instant, en attendant de pouvoir, un triste jour, laisser surgir l'imbuvable qui sommeille en lui ? Peut-être que ce jour-là, juste au moment où elle se posera de bouleversantes questions : « D'où vient l'Univers ? » ; « Quelle est l'origine de la vie ? » le crétin se dressera soudain dans son tricot de corps pour dire : « Hello, bébé, si on se regardait un match de catch en se tapant une petite mousse ? »

Pourtant, depuis Dieppe, il y a un mois, elle dormait au moins deux fois par semaine avec l'éventuel crétin. S'il était caractériel, ou bipolaire, ou du genre encéphalogramme plat, ce serait visible, non ?

« Seulement, si c'est un mec bien, moi qui ne m'intéresse qu'aux tordus, comment se fait-il que je l'aime ? »

Là, elle cessa net l'observation du prince de la salade.

Aimer ce pauvre type ? Manquerait plus que ça ! Un mot aussi déplacé parviendrait à son oreille, il ferait net une syncope, lui qui demande dix fois par nuit « tu m'aimes ? » et qui s'entend dix fois répondre « arrête de dire des conneries ».

Que se passait-il ?

Elle n'avait jamais dit je t'aime. À personne. Ni à un homme, ni à une femme, ni même à sa maman. Son père, bien sûr, c'est différent : si une fille ne disait pas je t'aime à son papa, elle lui dirait quoi ? Mais aimer ce serial-killer de tomates qui avait le double de son âge ! Ce directeur artistique à la noix incapable d'obliger un de ses artistes à chanter dans un Casino en première partie ! Ce n'est pas parce qu'on couche avec quelqu'un qu'on l'aime ! Il se prend pour qui, celui-là ? Avec sa manie de vouloir me faire croire qu'il est fort alors qu'il se comporte comme un plat de nouilles ; avec son habitude stupide d'essayer de se montrer ouvert quand il ne comprend rien à rien ; avec ses salades sur lesquelles il met toujours trop d'huile, trop de vinaigre, trop de sel ! Et cette façon de me serrer contre lui en miaulant de sa voix sucrée : « T'es bien avec moi ? » Bien avec lui ? Il ne m'écœure pas, c'est tout.

– Y'a un problème ? demanda Béranger. Ça fait une plombe que tu restes immobile à m'espionner.

– Qu'est-ce que ça peut te foutre ?

Il la contempla un instant avec calme puis se remit à couper du persil avant de dire le plus tendrement possible :

– Le petit lutin à la langue rouge est revenu ?

Clémentine s'abstint de répondre. Pourquoi être dure avec lui ? Pourquoi se comporter ainsi ? Son goût pour la destruction était-il donc si fort ? Ont-ils raison ceux qui disent que lorsqu'on est du signe du Scorpion on a tendance à tout foutre en l'air ? Et d'abord soi-même.

Elle regarda fixement les tomates, histoire de pouvoir prier sans penser à autre chose que ça, prier : « Mon Dieu, vous qui roupillez là-haut sur votre gros nuage protecteur, empêchez-moi d'être injuste comme vous, méchante comme vous, cruelle comme vous. Pour une fois, vous qui avez plutôt tendance à punir qu'à guérir, soyez compréhensif, soyez bon pour les faibles, soyez bon pour moi. Faites que je ne le détruise pas, que je ne le quitte pas, qu'il me comprenne quand je suis incompréhensible, qu'il me supporte quand je suis insupportable. Faites que mon petit lutin à la langue rouge ferme sa grande gueule. Amen. »

C'est Béranger qui avait inventé cette histoire de lutin. Parfois, enfermés tous les deux dans une chambre, unis par la complicité de la nuit, on pouvait les croire heureux. Mais, soudain, pour un mot, un geste, une intonation, pour rien, même pour rien, Clémentine devenait hargneuse, agressive, menteuse. Alors l'homme se contentait de dire : « Ça y est, le petit lutin à la langue rouge s'est réveillé, laissons-le se fatiguer. » Et Béranger, ne répondant plus aux attaques, s'évadait dans un monde où les mots n'ont plus d'importance, où les insultes ont la légèreté du papillon. Ce qui n'empêchait pas la fille de continuer à affirmer, de plus en plus furieuse, qu'il était un minable, un moins que rien, un sac-poubelle ! À se demander comment une femme comme elle pouvait fréquenter un tel détritus et que c'était la dernière fois qu'ils se voyaient !

Quand l'orage était passé, il la prenait dans ses bras, demandait : « Ça va mieux ? » et lui murmurait à l'oreille que, quoiqu'elle fasse ou dise, elle était la fille la plus extraordinaire du monde, la plus douée au lit qu'il ait jamais rencontrée, la plus drôle, la plus belle, et surtout la plus tendre. (Quand elle n'était pas en colère).

Alors Clémentine s'excusait, retirait tout ce qu'elle avait dit et, se laissant flotter dans ses bras, s'amollissait à en devenir loukoum. Ce n'était peut-être pas de l'amour mais, parfois, la tendresse entre eux s'installait, si envahissante, que ça y ressemblait.

29

Lune verte et soleil bleu en était à son troisième mois d'exploitation, les ventes totales se situaient autour de cent vingt mille exemplaires mais, visiblement, n'iraient pas plus loin. Il fallait donc continuer sur cette lancée positive. Surtout ne pas attendre. World Music décida d'assumer totalement la production du nouveau single. Franck Villemin accepta avec plaisir.

L'affaire se présentait au mieux. Aucun problème en ce qui concerne le paramètre le plus important, à savoir le choix de la chanson qui pourrait faire boum. Trois auteurs cotés avaient proposé des titres et l'un d'eux, un slow, plaisait à toute l'équipe : rythmique d'acier, musique qu'on retient facilement, paroles classiques, *La plage aux mouettes* avait tout pour être le tube de l'été.

C'est à ce moment-là que Clémentine apprit qu'elle était licenciée pour raisons économiques. Oh la direction de *Vie d'aujourd'hui* y mettait les formes : indemnités légales et explications psychologiques. « Comme journaliste, y'a pas mieux que toi. Mais avec la crise... Ah, la presse écrite actuellement… »

Ça te pendait au nez, avait ricané JHV, t'es toujours fourrée avec pa. Tu le suis à la téloche, à la radio, dans ses galas. Alors, logique, ton boss en a eu ras-le-bol de tes congés exceptionnels, de tes maladies à répétitions. Tu veux que je te dise, p'tite sœur ? T'es mieux comme fille à papa que comme salariée.

Une phrase aussi longue l'avait carrément épuisé.

La fille à papa, vexée, s'était contentée de foutre son frère à la porte. Quelle tasse, ce type ! Ah, c'est pas lui qui risquait d'être bon ou mauvais comme salarié : jamais rien foutu de sa vie !

Lorsqu'elle avait raconté son licenciement à son père, celui-ci, outré d'une telle décision, s'était d'abord emporté contre la direction du magazine – un ramassis d'imbéciles incapables d'apprécier le talent de qui que ce soit ! – et avait envisagé d'aller casser la gueule à tout le monde. Puis, s'étant calmé, avait suggéré à sa fille de profiter au maximum de l'été : « À la rentrée, je te trouverai un autre job. Moins dangereux. »

Franck Villemin, en ce moment, se sentait incapable d'être attristé longtemps. Tout allait trop bien pour lui. *La plage aux mouettes* avait été envoyée au métier début juin et cela seul comptait. Si bien que, quelques jours après avoir appris que Clem était éjectée, il lui fit part de son idée : « Avec mon nouveau disque, la saison prochaine j'aurai sûrement pas mal de galas à faire. Si tu les organisais ? J'en ai marre de passer par Tommaso. »

Clémentine en avait eu un bouton de fièvre. Travailler avec papa ! Pouvait-il y avoir un emploi plus passionnant ? S'occuper de ses affaires, se battre pour lui, discuter pour lui, avait toujours été son rêve. Mais, jusqu'à maintenant, elle était trop jeune, tandis qu'aujourd'hui, à bientôt 23 ans, gérer une production de spectacles ne lui posait aucun problème.

Elle avait été déjeuner le lendemain avec sa mère pour lui raconter son bonheur : « Tu te rends compte ? Je vais travailler avec lui ! » Maman avait grogné : « T'en rates pas une, il ne pouvait rien t'arriver de pire. »

Clémentine avait quitté le restaurant au milieu du couscous.

Depuis, très souvent, le père et la fille se promenaient ensemble dans Paris en faisant des plans : d'abord, elle le suivrait dans les quelques galas déjà prévus pour l'été, histoire de se familiariser avec les détails administratifs et techniques. Ensuite, en septembre, il créerait une société dont elle serait gérante. Pendant des kilomètres ils n'en finissaient pas de disséquer tout ce qui allait se passer la saison suivante. Pourtant, parfois, au cours de ces promenades, Clémentine disjonctait en silence. Elle se postait alors devant une vitrine de magasin, sans la regarder, et sa tête faisait des cabrioles.

Un problème la tracassait.

À y réfléchir, d'ailleurs, deux problèmes.

Et même un troisième.

Rien à voir, bien sûr, avec les famines dans le Tiers Monde ou la violence dans les banlieues.

Malgré tout…

Son premier problème était que Béranger voulait, dès que possible, l'emmener passer trois semaines de vacances en Islande. Se reposer en Islande !! Un malade, ce type ! Pourtant, l'ensemble neige-tendresse l'attirait. Bien sûr, dans ce cas faudrait dire la vérité à papa. Ça ne pourrait plus être 'chacun sa chambre'. Brrr !

C'est là qu'intervenait le deuxième problème : il lui était déjà arrivé de partir en week-end avec un homme, mais jamais trois semaines. Ni même huit jours. Ou que ce soit. Pas plus en Islande qu'à Deauville. Pendant 21 jours voir la même tronche, entendre les mêmes astuces, sentir le même after-shave ? Pour une femme mariée la présence à hautes doses de son époux est supportable : en réalité, elle ne fait que le croiser le soir et l'apercevoir un peu plus le samedi et le dimanche. En semaine le tête-à-tête passe après le boulot, les transports, les courses, la lessive, le ménage et les enfants. Le mari est donc peu gênant puisque quasiment invisible. Mais les vacances c'est du permanent ! Donc, question basique : une femme normale peut-elle supporter un homme vingt-quatre heures sur vingt-quatre pendant trois semaines sans en garder des séquelles irréversibles ?

Seulement voilà, ce projet saugrenu d'aller patauger dans la neige avec Béranger, qui aurait dû logiquement la perturber, l'amener à faire une crise de nerfs devant le moindre billet d'avion, ce projet si négatif avait plutôt tendance à la faire béatement sourire.

C'est à cet instant qu'émergeait le troisième problème. Le seul. LE GRAND.

Et si l'amour existait vraiment et que c'était ça : un machin sournois qui ne dit pas son nom, qui arrive en se dissimulant sous le masque de la légèreté, en faisant croire qu'il est juste de passage et qui, pourtant, finit par s'installer, s'étaler, en prenant une place qu'on ne lui avait pas préparée ?

Clémentine se sentait prise au dépourvu. Jusqu'ici tous les innocents avec lesquels elle avait eu une liaison n'étaient que des translucides. Cette fois, elle était tombée sur un opaque.

*

Franck Villemin n'attendit pas longtemps la réaction des professionnels. Un après-midi, alors que World Music ne l'avait pas informé, il rencontra sur le palier sa voisine qui s'empressa de lui raconter qu'elle venait de l'entendre à la radio. Le présentateur a dit : « Et maintenant une nouveauté, *La plage aux mouettes*, le tout dernier CD de Franck Villemin. » Le chanteur sentit son cœur faire un bond mais se contenta de dire, le plus naturellement possible, comme s'il était au courant : « Oui, oui, ça démarre ». En début de soirée, Jean-Hugues l'appela pour lui signaler que *La plage* venait de passer sur RTL. Le lendemain, Villemin lui-même vit son clip sur YouTube.

Plus de doute, c'était parti !

Encore que ce bonheur fût troublé par le fait de ne voir que fort peu Isabelle, cette dernière étant accaparée par les nombreuses promotions d'été. Il avait beau faire des efforts de compréhension, il se sentait délaissé, trahi. En réalité, ce n'est pas la défection de son amie qui le gênait mais, plutôt, l'énorme quantité de nouveaux disques qu'elle lançait sur le marché. Chaque fois que tous deux abordaient ce sujet, il ricanait : « Tu dois en entendre des horreurs » ! L'idée que d'autres chansons puissent sortir en même temps que la sienne l'insupportait au plus haut point et il jugeait déplacé qu'autant de minables – car c'était forcément des minables – parviennent à enregistrer. Si bien que la nuit, souvent, le même rêve revenait le hanter, un vrai conte de fées : tous les chanteurs du monde, sauf lui, étaient exilés sur une île déserte et soudain : pof, explosion !!!!! Franck Villemin restait l'unique chanteur terrestre. Sept milliards de fans ! La planète entière submergée par la même chanson ! Blancs, noirs, jaunes, vieux, jeunes, flics et assassins, tous fredonnant : *« La plage aux mouettes, c'est là qu'on s'est aimés. »*

Dès que le titre commença à être diffusé, le père et la fille passèrent quelques journées délicieuses à imaginer des plans de batailles, des astuces de promotion, des circuits de tournées.

– Ah, on n'a pas fini de l'entendre, le nom de Villemin, faisait Franck.

– Ah, on n'a pas fini de danser sur notre slow, disait Clémentine.

Elle avait l'impression de retrouver le temps merveilleux d'autrefois, quand son père ne buvait pas, qu'il était drôle, qu'on l'entendait partout, qu'on le voyait partout, qu'il lui envoyait des cartes postales blanches du Kilimandjaro, des poupées magiques d'Haïti, quand toutes les copines d'école l'enviaient d'avoir un papa si beau et que la vie ne pouvait qu'être formidable tellement elle était simple.

À cette époque, sa mère aux mêmes yeux qu'elle, débarquait et disait :

– Franck, je te laisse ta fille pour cinq jours. Tâche de t'en occuper correctement. Rappelle-toi qu'elle n'a que quatre ans. Qu'elle fasse sa sieste, sa toilette, évite de la perdre, de l'affamer, de l'oublier, et, puisque vous allez à la Maison-Pommes, évite aussi qu'elle tombe dans la mare aux nénuphars.

Et maman repartait sur ses longues jambes en ajoutant :

– Clémentine, je compte sur toi pour t'occuper de ton père.

Alors, le ciel s'entrouvrait : cinq jours avec papa, des fleurs et des animaux ! Y avait-il au monde une petite fille plus heureuse ?

30

Dans le grand bureau de World Music, encombré de CD, DVD et piles d'affiches, Isabelle Bernou déambulait pensivement. Pas drôle, cette histoire. Pas drôle et, de plus, imprévue. On pouvait même dire 'surprenante'. Car tout le monde y avait cru. Mais, maintenant, il fallait admettre la vérité : *La plage aux mouettes*, sortie depuis une quinzaine de jours, n'accrochait ni les stations de radio ni les chaînes de télé et le téléchargement était dérisoire. La chanson passait donc un peu. Un peu, pas plus. Pourtant les attachées de promotion faisaient le maximum : rimmel agressif, mini-jupe grande comme un confetti, pas de soutien-gorge, elles harponnaient les programmateurs, les producteurs, les directeurs pour les convaincre que ce titre était super génial, que ça valait Mozart et Sinatra réunis.

Rien à faire.

Isabelle supportait mal ce refus. Depuis sa nomination, il y a huit ans, à la tête de la promo, ce n'était plus elle, comme à l'époque de ses débuts, qui allait se battre dans les couloirs des médias afin qu'on passe les disques de ses artistes. Mais pour Franck, vu les réticences, elle y était retournée personnellement. Allant rencontrer, un par un, ceux qui semblaient ne pas aimer *La plage aux mouettes* pour tenter de retourner la situation, de comprendre ce qui se passait : la chanson était commerciale, l'arrangement excellent, l'interprète connu, qu'est-ce qui clochait ? On lui répondait, en regardant ailleurs, que c'était pas mal... mais, comment dire... sans originalité. Pas convaincue, elle faisait remarquer que le précédent disque était du même style et que, pourtant, il avait été très programmé.

– Ben oui, mais y'avait la mort de cette petite, euh... comment déjà ?

– Joanna Conti.

– Voilà. Plus la bagarre avec Tony Murano. Du coup, on parlait tellement de lui que le public était prêt à le recevoir. Tu sais, la pub externe ça aide.

Isabelle se demandait comment on pouvait savoir que le public n'était plus prêt à le recevoir puisque la chanson passait très peu ?

Étude de marché ?

Filtre magique ?

Pile ou face ?

Elle pensait, néanmoins, que cette histoire de pub externe pouvait être la bonne explication. Grâce à ces faits divers montés en épingle par les médias et les réseaux sociaux, les ventes de *Lune verte et soleil bleu* avaient été correctes. Rien à voir, bien entendu, avec les millions de disques vendus autrefois par Franck. Sans ces drames 'externes' que serait-il arrivé ? Et cela voulait-il signifier que Villemin n'accéderait plus jamais aux premières places ?

Depuis qu'Isabelle Bernou faisait ce métier, elle avait appris, peu à peu, que le succès est inexplicable. Combien de chansons auxquelles tout le monde croit et qui ne marchent pas ! Combien de titres qui font ricaner au départ et qui finissent N° 1. Pour accrocher, il suffit parfois d'un rien : une ambiance curieuse, un mot bizarre, un instrument étrange.

Souvent, elle écoutait une chanson à succès puis une autre qui était un échec, et se demandait pourquoi celle-ci et pas celle-là ? Chaque fois elle concluait, rêveuse : « C'est mon métier et j'y comprends rien ».

*

Franck Villemin écoutait le bruit d'un repas pour deux se préparant dans la cuisine et se disait que, finalement, même sans être amoureux, c'était agréable d'avoir une Isabelle dans sa vie. De toute façon, il n'avait jamais su vivre sans femmes, ne se sentait bien qu'avec elles, ne savait parler qu'avec elles. Liaisons graves ou légères, les femmes accompagnaient chaque instant de son existence. Lui qui n'avait aucune notion des dates – incapable de préciser : c'était en 1982 ou en 2015 – millésimait sa vie en fonction de ses compagnes. Il se contentait de dire : « Ça s'est passé quand j'étais avec Virginie ; c'était pendant la période Laurène ; le Tibet, c'était l'année Marina. » Quand un ahuri insistait : « C'était quand, l'année Marina ? » Franck répondait : « Juste après le trimestre Gaëlle. »

Isabelle en était à son cinquième verre de vin rouge. C'est elle qui avait eu l'idée de « Ce soir, je viens chez toi et je fais la bouffe, ok ? » Il s'était contenté de répondre : « Si c'est toi qui fais tout, no problème. » Il fallait quand même qu'elle l'informe. Et plutôt dans un endroit loin de tout témoin. Sait-on jamais comment va réagir le monsieur ? Mais, chaque fois qu'arrivait le moment de parler, elle demandait un autre verre de vin, histoire de reculer l'instant. Racontant, pour cacher son malaise, n'importe quel fait divers anodin : le crash d'un avion, 200 morts ; un cyclone aux Indes, 3000 morts.

Elle décida d'arrêter de se détruire l'estomac, respira un grand coup et lança :

– Franck, faut que je te parle. Ça fait des jours que… Disons que j'ai attendu d'avoir tous les éléments pour… pour être sûre que…

La suite avait du mal à sortir. Il la contempla sans comprendre.

– Tu peux finir tes phrases ? Pour être sûre de quoi ?

– En ce qui concerne *La plage aux mouettes*, en gros, euh… les réactions des stations de radios et des chaînes de télé sont… plutôt mitigées.

Voilà. C'était dit. Il la dévisagea, sans comprendre.

– Que veut dire exactement 'mitigées' ?

– Tu connais le métier. Je ne vais pas te faire un dessin.

Là, elle se trompait. Il aurait eu besoin d'un dessin, d'un tableau, d'une fresque, d'un mur entier d'HLM tagué de haut en bas !

– Qu'est-ce que tu racontes ? dit-il, plein de gens l'entendent partout et moi aussi.

Isabelle tenta de rester calme pour lui expliquer que, vu son niveau de notoriété, même quand les professionnels ne sont pas emballés, une chanson, au début, passe toujours un peu. Un peu, pas beaucoup. Que madame Chose ou monsieur Untel l'aient entendue une ou deux fois ne changeait donc pas la situation, personne n'ignorant que, lorsqu'un titre n'est pas 'matraqué' il n'y a aucune possibilité pour qu'il aille loin.

Avec inquiétude, la jeune femme observa Franck tournant dans la pièce comme une mouche qui cherche une fenêtre ouverte en se cognant aux vitres. Elle se dépêcha d'ajouter que c'était loin d'être une catastrophe, ça n'empêcherait pas World Music de faire le maximum pour que *La plage aux mouettes* passe le plus possible. Sans compter qu'on ne sait jamais, il arrive qu'un disque soit mal reçu par les professionnels et fasse, malgré tout, un succès.

– C'est ça ! fit le chanteur, en s'énervant de plus en plus, le public va acheter une chanson qu'il n'entend jamais. Tu me prends pour un idiot ?

Calme-toi, Franck, aurait voulu dire son amie, envisageons la situation en toute lucidité. Mais la machine était lancée.

– Tu crois peut-être, hurla-t-il, que je ne comprends pas pourquoi les réactions sont mauvaises ? Tu veux que je t'explique ? D'ailleurs, tout le monde m'avait prévenu, tout le monde ! World Music est une boîte de tarés ! Incapable de fabriquer un tube ! INCAPABLE ! Voilà la vraie raison. Confier du bon matériel à des amateurs comme vous, c'est offrir une Formule 1 à un type qui ne sait faire que de la patinette ! Va dire à Béranger que je ne ferai plus jamais un disque avec lui. Plus jamais !

Depuis trois minutes, Isabelle essayait, entre cris et piétinements, de discuter, d'expliquer, de convaincre, quand, brusquement, au milieu d'une phrase, elle se retrouva sur le palier sans avoir bien compris comment cela s'était fait. Il l'avait poussée, traînée, jetée ? Sa seule certitude était d'être près de l'ascenseur, vêtements en bataille, cheveux ébouriffés et sac-à-main à ses pieds.

Elle regagna à toute allure son douzième étage avec terrasse, se mit immédiatement au lit et plongea avec difficulté dans un sommeil traversé par un cauchemar, toujours le même. À la télé, le présentateur du 20h répétait d'une voix de croque-mort : « Isabelle Bernou travaille dans une boîte de tarés ! Isabelle Bernou travaille dans une boîte de tarés ! » Au matin, son teint ressemblait à celui d'un morceau de plâtre et, à l'intérieur de son crâne avaient commencé des travaux au marteau-piqueur.

Néanmoins elle décida d'appeler Clémentine pour lui raconter la conversation houleuse de la veille avec son père. Sait-on jamais avec ces artistes fragiles ?

– Qu'est-ce que tu racontes ? hurla la fille du chanteur, tu lui balances une information pareille et tu vas dormir ? Faut être vraiment tarée ! C'est à moi qu'il fallait dire une chose aussi importante ! C'était à moi de la lui annoncer !

– Je te fais remarquer que si je m'occupe de sa promotion, je suis aussi sa petite amie.

– Justement, tu n'es 'que' sa petite amie !

Elles raccrochèrent en même temps.

Isabelle sentait dans son crâne le marteau-piqueur redoubler d'activité. « Marre de la famille Villemin. Marre de ces deux-là, avec leurs états d'âme de malade, leur maison de campagne à la con bourrée d'araignées sanguinaires, leur vrai lait qu'on met deux plombes à digérer, leurs vrais œufs remplis de jaunes tellement forts qu'on les dirait pourris, leurs carottes du jardin qu'on met un siècle à éplucher alors qu'en boîte elles sont toute prêtes ! Sans parler de leurs oiseaux handicapés qui ne savent que répéter bêtement *Cui, Cui ! Cui, Cui !* Toujours le même texte ! Toujours la même musique ! Un professionnel écrirait une chanson aussi emmerdante, on le foutrait dehors ! Et cette odeur de pommes qui s'infiltre partout, comme si leur baraque était gazée, donnant un goût de compote aux steaks, aux langoustines, au café, et même à mon Chanel N°5 » !

Clémentine appela dix fois son père : messagerie.

Courut chez lui, ouvrit avec sa clef : personne.
Alla au parking : la voiture de papa n'y était pas.
Appela les Dumontier : chanteur absent.
Téléphona à Béranger, à Jean-Hugues, à des amis.
Nul ne savait où était Frank Villemin.

Clémentine fonçait maintenant vers la Normandie. Si papa allait mal c'est là qu'il se réfugierait. Tôt ou tard.

À la Maison-Pommes, elle trouva portes closes et pas de voiture. Il était sûrement en route pour venir ici. Elle s'installa, désemparée, au milieu du jardin, sur la grosse souche, et regarda les alentours. Que cet endroit était beau en ce début d'été. Et cette souche, ce qu'elle avait pu servir ! De table, pour la dînette des poupées et pour poser le bol de beurre destiné aux oiseaux chaque hiver ; de socle, quand maman posait là sa fille pour la déguiser en fée ; de cachette, quand elle jouait à cache-cache avec ses parents, qu'ils la cherchaient partout et que papa la trouvait enfin en s'écriant : « Mince de mince, on n'avait pas pensé à regarder derrière la souche ! »

Clémentine prit soudain conscience de n'être jamais venue seule dans cette maison. Toujours en famille. Quelle que soit la famille. Enfin, quelles que soient les belles-mères. Curieuse impression. Comme si, aujourd'hui, elle était brusquement devenue orpheline. Elle alla regarder, attendrie, les encoches que son père avait faites sur un mur pour noter sa taille. La première devait dater de ses soixante centimètres, soixante-cinq peut-être. C'est vers un mètre-cinquante qu'il avait commencé à boire et que les encoches s'arrêtaient.

Soudain, il lui sembla entendre un bruit venant de la maison. Elle fut aussitôt en alerte. Un meuble qui craque ? Une souris ? Une erreur de ses oreilles ?

Cette grosse baraque fermée lui faisait soudain peur. Comment réagir ? Ignorer ce bruit ? Faire comme si cela ne pouvait être que le vent qui a secoué un volet ? Se décider à entrer puisqu'elle a la clef ?

Qu'allait-elle découvrir derrière ces murs de prison ?

Rien de spécial ?

Une chose horrible ?

Elle ressentait la même angoisse que celle du jour où, son père ayant fait une chute dans un music-hall, elle s'était retrouvée, avec la belle-mère de l'époque, devant une porte close, se demandant ce qui pouvait bien se passer de l'autre côté. Puis une dame en blanc était arrivée et lui avait dit : « Tu vas voir ton papa mais ne le fatigue pas, sois raisonnable. » Elle avait promis. Et la petite fille de six ans était entrée dans la chambre de la clinique. Très sage. Très raisonnable. Surtout ne pas fatiguer papa. Mais en l'apercevant, si pâle, si immobile, avec des yeux si fermés, elle s'était mise à hurler de terreur, s'était jetée sur lui pour le réveiller et n'avait plus voulu le quitter, frappant la belle-mère, s'accrochant aux draps, aux infirmières, au goutte-à-goutte. Finalement, pour la calmer les médecins, attendris, lui avaient fait installer un petit lit dans la même chambre. Si bien que, les jours suivants, lorsque la belle-mère venait en visite, elle apportait des bouquins au père et des BD à la fille.

Clémentine se décida à entrer.

Il était là. Dans le noir.

Ni vivant ni mort. Affalé sur le lit.

Des bouteilles vides traînant autour de lui. Respirant lourdement, la main droite crispée sur un verre contenant encore un fond de vodka. Il avait sûrement garé sa voiture dans un petit chemin, au loin, et marché quelques kilomètres pour que personne ne soit au courant de sa présence.

Clémentine, les yeux humides, l'observa un moment puis referma la porte et s'installa près de lui. En lui prenant la main. Comme autrefois à la clinique, la nuit, quand plus personne ne la surveillait.

31

Le père et la fille restèrent deux jours à la Maison-Pommes. Puis, sur l'insistance de Clémentine, revinrent à Paris. Dès leur retour, elle vérifia l'absence de toute bouteille d'alcool dans l'appartement de papa en lui disant qu'il n'était pas question, mais alors pas question, de recommencer à boire ! Il jura que cela ne se reproduirait plus. Ça avait juste été un coup de blues. Pendant encore deux jours ils ne se quittèrent pas. Plus exactement, c'est elle qui ne le laissa jamais seul, ne serait-ce qu'un quart d'heure. Même la nuit. Elle insista pour dormir chez lui, il refusa d'abord, puis perdit la partie.

Durant ces deux jours, à intervalle régulier, elle lui expliquait, longuement, patiemment, que tous les chanteurs, à un moment ou à un autre, font un disque qui se vend mal et que ce n'est pas une raison pour que le prochain prenne le même chemin ; que si *La plage aux mouettes* n'accrochait pas – pour l'instant ! – on était loin de l'échec. Il fallait donc faire le maximum de galas durant tout l'été, participer à toutes les émissions accessibles – même les moins importantes – et rester en contact permanent avec les médias : plus on parlerait de Franck Villemin, plus ce serait facile pour les disques suivants.

Peu à peu, il admit que, bon, effectivement, tout n'était peut-être pas perdu.

Clémentine savait que ce genre de combat ne pouvait pas être engagé valablement sans l'appui de la maison de disques. Alors, comme s'il s'agissait d'une chose toute simple, elle suggéra à son père de s'excuser auprès d'Isabelle. « La foutre dehors parce que ta chanson n'emballe pas les professionnels, est-ce raisonnable ? » Il se fit sérieusement prier puis appela la directrice de promotion pour expliquer que ses mots avaient dépassé sa pensée : non elle ne travaillait pas dans une boîte de tarés. Isabelle répondit : « Ok, on n'en parle plus. »

Puis Clémentine organisa un dîner : elle-même, son père, Isabelle, Béranger. Histoire d'envisager toutes les actions possibles.

Le repas eut lieu deux jours plus tard, au Tampico, et se passa fort bien. Franck, ne buvant que de l'eau, paraissait ravi de revoir sa petite amie et s'excusa à nouveau. Le directeur artistique, lui, était tout heureux de se retrouver assis près de Clémentine, qu'il n'avait pas vue depuis plusieurs jours puisqu'elle jouait les garde-malades à plein temps. À un certain moment, même, enhardi par l'atmosphère détendue, il saisit sa main sous la table. Elle la retira vivement. Il recommença. Elle la retira à nouveau en disant entre ses dents : « Arrête. »

Franck entendit. Étonné, fourchette en l'air, il les contempla en demandant :

– Il doit arrêter quoi ?

Mal à l'aise, Clémentine répondit :

– Euh… de manger. Il mange trop.

Béranger ne fit aucun commentaire. Il supportait de plus en plus mal qu'elle refuse toujours de mettre son père au courant de leur liaison. Cacher ce genre de situation lui paraissait digne d'un mélo du XIXe siècle. C'est pour cette raison, d'ailleurs, qu'il n'allait plus à la Maison-Pommes, n'appréciant pas d'être obligé de dormir dans une chambre et sa copine dans celle d'à côté. Elle avait promis d'en parler à qui de droit quand ils iraient en Islande. Mais c'était pour quel siècle ?

Pendant toute la soirée la conversation se concentra uniquement sur *La plage aux mouettes.* Que faire pour qu'elle passe le plus possible, pour qu'elle parvienne à atteindre le grand public ? Le père et la fille firent de nombreuses propositions : pavés dans la presse, ouvrir un blog, se servir de Twitter, diffuser sur Internet des extraits du clip. Isabelle et Béranger étaient pessimistes. Aucune des idées suggérées ne leur convenait.

C'est dans le lourd silence qui suivit que la bombe à retardement préparée par Franck éclata. Il avait réglé la minuterie sur 'moment opportun' et c'était maintenant.

– J'avais prévu qu'on ne trouverait aucune solution miraculeuse. C'est parce que vous allez tous dans la mauvaise direction : il faut renverser la vapeur.

Ils le regardèrent avec étonnement.

– J'ai décidé de faire l'Olympia. Pour un soir. Un soir seulement.

Le silence s'installa à nouveau.

Il est ivre ou quoi ? Impossible, il n'a bu que de l'eau.

– Ce sont les professionnels qui acceptent mal mon disque mais, moi, je suis sûr qui si le public y avait accès, il l'aimerait. Il a toujours aimé ce que je fais.

Tous se récrièrent que, ça, c'était évident, la question ne se posait même pas, le public et lui, houlà !!!! Mais pourquoi l'Olympia ?

– C'est un lieu mythique. Si je passe un soir, seul, en cet endroit, il n'y aura plus aucun doute : quand la salle sera pleine, les professionnels seront obligés d'admettre que j'ai toujours un public et cela devrait les inciter à programmer *La plage aux mouettes.*

Isabelle eut envie de demander : « Et si la salle est vide ? » Mais comment poser cette question sans se retrouver avec le seau à glace sur son brushing ?

Béranger Morel se contenta de dire que l'idée était séduisante mais, malgré tout, risquée. Le come-back de Franck ne datait que de quelques mois et l'Olympia compte deux mille places. Bien sûr, il avait ses anciens tubes mais… serait-ce suffisant pour remplir la salle ?

– Je t'en prie, fit le chanteur, avec le ton qu'on prend pour s'adresser à un déficient mental, sur les cent-vingt mille personnes qui ont acheté *Lune verte et soleil bleu*, il y en aura bien deux mille pour venir me voir.

Isabelle intervint pour faire remarquer qu'il n'était pas évident que l'Olympia soit libre.

– J'ai appelé ce matin. J'ai retenu la date du samedi 12 septembre. À 21h. C'est un bon jour, le samedi.

Un grand silence se fit encore.

Puis Béranger, à court d'arguments, signala que, vu les circonstances, World Music ne participerait peut-être pas aux frais de location de la salle. Le chanteur répondit que c'était secondaire. « Je payerai tout ». Il avait l'air décidé, intraitable, ne demandant l'avis de personne, donnant juste des informations.

Un dixième silence s'installa.

Jusqu'ici Clémentine n'avait pas dit grand-chose. C'est donc avec une grande curiosité qu'Isabelle lui demanda son opinion.

– Papa a raison. Je ne crois pas que ce soit dangereux. Rassembler deux mille personnes me paraît faisable et ça obligera les médias à parler de lui. Passer à l'Olympia génère toujours beaucoup de publicité.

Isabelle préféra se taire. Ce qu'ils pouvaient être chiants ces deux-là !

32

Le spectacle ne commençait qu'à 21h, mais dès 19h, Franck Villemin avait pris possession de sa loge. Il s'était d'abord maquillé avec calme puis coiffé minutieusement. Ensuite, il avait enfilé son costume de scène, avec beaucoup de soin, avant d'aller sur le plateau visualiser une dernière fois l'emplacement exact des entrées et sorties, la position des micros, les zones d'ombre et de lumière. N'ayant pas chanté à l'Olympia depuis douze ans, mieux valait ne rien laisser au hasard et contrôler chaque détail plutôt dix fois qu'une. De toute façon, avant d'entrer dans ce qu'il appelait 'la cage aux serpents', il avait toujours aimé se donner le temps d'être envahi par ce monde à peine réel de couleurs éclatantes et de ténèbres impénétrables, de musiques tonitruantes et de silences terrifiants.

Après quoi, pour la vingtième fois, il avait fait ses recommandations à l'ingénieur du son, en insistant longuement sur un point : que l'orchestre ne couvre pas sa voix, Franck Villemin n'est pas un rocker.

L'affaire semblait se présenter favorablement. La dernière répétition avec les musiciens, dans l'après-midi, avait été très réussie. Bonne complicité, excellente atmosphère, parfaite efficacité des arrangements. Faut dire que c'est la même formation qui l'avait accompagné durant ses galas d'été. Quant à la jeune Karine Lombard, qui présentait le spectacle : très élégante, très drôle.

Il était prévu que l'orchestre interprète d'abord un morceau dynamique, ensuite Karine racontait quelques histoires, puis les musiciens jouaient un autre morceau encore plus dynamique, et Franck entrait en scène.

Voilà. Tout était en ordre.

À 20h30, les premiers spectateurs entrèrent en bavardant, en s'interpellant, en faisant claquer des fauteuils, avec, en fond sonore, la voix des ouvreuses et les annonces du vendeur de programme. Merveilleux brouhaha. Chaque bruit parvenait à Franck, à travers le rideau, comme une sorte de musique enchantée et, surtout, comme une preuve de la sûreté de son jugement. Aucun doute : la salle se remplissait.

ILS étaient là !

ILS venaient de demander à la caisse : « Deux balcons, je vous prie, si possible dans les premiers rangs. »

ILS avaient peut-être réservé, dans les jours précédents : « Cinq places pour le 12 septembre, s'il vous plaît. »

ILS devaient, maintenant, être en train de s'asseoir ou d'étudier la liste des chansons en se disant : « Ah, celle-là elle est super ! », « Tiens, celle-ci je ne la connais pas, c'est sûrement une nouvelle. »

Et tous ces neurasthéniques qui avaient pensé, sans oser le dire évidemment, que la salle serait vide ! Le chanteur écoutait de toutes ses forces en arpentant la scène pour bien la sentir dans ses jambes. Ça y est, les serpents étaient entrés !

Avaient quitté leur jungle.

Aiguisaient leur dard.

Déployaient leurs anneaux.

Suffisait d'ouvrir le rideau pour se retrouver sans protection : ils pouvaient vous détruire ou, au contraire, venir se dandiner, charmés, devant vous.

– Ça va ? demanda Clémentine.

– Formidablement bien.

Il l'observa longuement. Très belle. Avec ses fameux yeux que tout le monde voyait bleu-bizarre, sauf eux deux qui savaient qu'ils étaient gris-bleus-verts. Comme d'habitude, elle ne portait qu'une robe sans aucun accessoire. Tenue corps libre. Vraiment la vie lui souriait, il passait à l'Olympia et était le père de la plus jolie fille du monde.

À 20h45, le chanteur observa la salle par un trou du rideau. Une centaine de personnes, peut-être. Pas plus.

– Il est encore un peu tôt, dit Clémentine.

C'était vrai, mais tout de même. Villemin ne put s'empêcher de sentir comme une petite inquiétude le griffer. Il le savait, la location n'avait pas marché très fort. Une cinquantaine de places réservées seulement. Mais cela ne signifiait rien. Combien de fois avait-il participé à des galas avec peu de réservation et, pourtant, au jour dit, une longue file d'attente s'étirait devant la caisse.

– Sais-tu s'il y a du monde aux guichets ? demanda-t-il à Jean-Hugues qui venait d'arriver.

– Une vingtaine de personnes.

Franck en resta stupéfait : cent spectateurs dans la salle, quelques-uns devant la caisse ! À quinze minutes du début !

Clémentine se hâta d'intervenir pour rappeler qu'à Paris un spectacle qui doit commencer à 21h ne démarre jamais avant 21h15. Donc…

Il ne la laissa pas terminer, lui tourna le dos et alla s'enferma dans sa loge.

Était-ce possible ? Pourtant, la publicité avait été bien faite : des affiches partout, des pavés dans la presse. Alors, sur les dix millions de personnes habitant la région parisienne, il n'y en avait pas deux mille pour se déplacer ? Aucun d'eux, à part quelques courageux, n'avait eu envie d'abandonner son dîner ? À ses chansons, ils préféraient leurs spaghettis ! Et cela avait été la même chose dans les galas de juillet/août : les salles étaient loin d'être vides mais ce n'était plus les foules d'autrefois. Donc, provincial ou parisien, son public le quittait.

De toute évidence, les gens n'en avaient plus rien à foutre de lui.

De toute évidence, il pouvait crever ça n'intéresserait personne.

Il sortit de sa sacoche une bouteille de vodka. Il l'avait amenée, à tout hasard, comme médicament. En cas de grand trac : une goutte, juste une, pour se dénouer l'estomac, les poumons, la voix. Sa tête surtout. Voilà : une goutte pour secourir sa tête.

Il but une large lampée en s'étranglant, se sentit exploser de l'intérieur, remit la bouteille dans la sacoche et retourna vers les coulisses au moment où le régisseur annonçait : « Le rideau dans dix minutes, s'il vous plaît, le rideau dans dix minutes ».

Clémentine et Jean-Hugues étaient toujours à la même place, sur le plateau.

– Alors ? demanda leur père.

– À peu près cent cinquante personnes, dit sa fille

– Maxi, fit JHV.

Villemin retourna à sa loge, avala un autre coup de vodka, mâchonna un chewing-gum pour masquer l'odeur de l'alcool et reprit le chemin de la scène.

Isabelle Bernou, Béranger Morel, Georges Tommaso arrivèrent groupés et, avec une grande exubérance, lui dirent en s'arrachant les mots : « On est avec toi. Fonce ! On va dans la salle, on se revoit après. »

Avant de s'éloigner, Isabelle ne put s'empêcher de se retourner et d'observer Franck un instant. Depuis qu'il l'avait foutue dehors, même s'ils s'étaient revus parfois, ils ne formaient plus un couple.

Sans rompre vraiment. Sans en avoir parlé. Une sorte d'éloignement naturel.

Villemin buvait dans sa loge pour la troisième fois quand on annonça : « Le rideau dans cinq minutes, s'il vous plaît, le rideau dans cinq minutes. » Il quitta la pièce et alla directement jeter un œil sur la salle : à droite, à gauche, à l'orchestre comme au balcon.

L'Olympia était à peu près vide.

200 personnes. Peut-être 250.

Il s'agrippa au rideau et, pendant un long moment, fut incapable de réagir.

– Monsieur Villemin, vous ne pouvez pas rester là, on ouvre, dit le régisseur.

En s'écartant le chanteur rumina qu'autrefois un régisseur différent le tutoyait et l'appelait Franck. C'était il y a si longtemps. Dans une autre vie. Lui, se sentait toujours le même, à l'intérieur, mais, à l'extérieur, les gens ne semblaient pas être de son avis.

Le rideau s'ouvrit. L'orchestre entama le morceau d'ouverture, avec déchaînement de cuivres et de batterie, pendant que des projecteurs balayaient la salle. Dans les coulisses, cachés derrière une tenture, Clémentine et JHV contemplaient leur père qui se tenait immobile contre un mur, foudroyé par la musique.

Ils n'osaient pas l'aborder. Que dire ? Tout le monde savait, et lui aussi, que le public n'était pas au rendez-vous. La fille admettait avoir manqué de clairvoyance : il n'aurait pas fallu l'encourager à tenter cette aventure. Si elle avait dit non il l'aurait écoutée.

Franck se dirigea soudain, comme un automate, vers les loges.

– Viens frangine, dit JHV, on va lui parler. Une salle vide, c'est pas la cata.

– J'y vais. Mais vaut mieux que tu restes là.

– Ça m'aurait étonné.

Quand elle entra dans la loge, son père buvait au goulot. Elle le contempla, suffoquée, incapable de prononcer un mot. Il la dévisagea sans la moindre gêne, reboucha la bouteille et dit d'une voix rauque :

– C'est pour me dynamiser. Tu crois que ce soir je peux chanter sans boire ?

Et comme sa fille n'arrivait toujours pas à parler :

– T'as raison de te taire, y'a rien à dire.

Avec effort, elle réussit enfin à articuler :

– Essaye quand même de ne pas trop boire.

– J'essaye.

Clémentine aurait voulu pouvoir inventer des mots pour expliquer que tout cela n'était qu'une péripétie, un moment à passer, qu'il y aurait d'autres disques, d'autres Olympia, et que de toute façon le spectacle, le spectacle, y'a pas que ça dans la vie ! Ils étaient deux, ils avaient la Maison-Pommes ! Mais rien ne sortait de sa bouche. Une bouillie lui tenait lieu de cervelle.

– Où en est-on ? demanda Franck, après un long silence.

Elle fut incapable de répondre. Il écouta le haut-parleur : Karine Lombard racontait sa dernière histoire, fallait y aller.

Clémentine réussit enfin à sortir une phrase entière :

– Ne bois plus, papa. Tu as vingt chansons à interpréter. Il y a deux cents personnes dans la salle, dont cinquante professionnels. Si tu fais un bon show devant eux, la soirée ne sera pas perdue.

Il ne répondit pas.

Quand ils arrivèrent dans les coulisses, Karine Lombard sortait de scène sur de maigres applaudissements.

– Comment est le public ? demanda le chanteur.

– Absent.

Il aurait aimé se coucher par terre. Ne plus bouger. Ne plus parler.

Attendre.

Pas attendre quelque chose, non, juste attendre.

Pourtant, quelques instants plus tard, après le passage orchestre, c'est avec plaisir que Franck Villemin entra en scène ! Les projecteurs le frappèrent en plein visage et, de la cage aux serpents montèrent des applaudissements nourris. Très nourris même pour si peu de personnes. Du coup, il se sentit plus calme. C'est un phénomène qu'il connaissait bien : le trac avant, jamais pendant. Il allait leur faire voir, à ces gens du métier, ce qu'est un véritable professionnel ! Il allait leur montrer ce qu'est une star ! Ils allaient comprendre qu'on n'arrive pas à ces hauteurs sans raisons ! Il s'était toujours senti à l'aise devant un public. En fait, la scène était sa famille, son village, son pays des merveilles. En ce lieu privilégié, rien ne pouvait lui arriver. Rien. Sinon le succès. Et, ce soir, ce serait comme d'habitude.

Il interpréta donc, survolté, la première chanson. Charme et dynamisme – la marque Villemin – tout y était. Le public applaudit chaleureusement. « Ça y est, se dit-il, les serpents sont peu nombreux mais ils se dandinent. C'est gagné du premier coup. Dans ma main, qu'ils vont venir manger, dans ma main ! »

Pour le deuxième titre, les applaudissements furent encore plus nourris et quelques voix criant bravo vinrent délicieusement caresser ses oreilles.

L'orchestre entama l'introduction du troisième morceau. Franck, dopé par ces merveilleuses réactions, s'approcha du micro avec autorité, fixant les ténèbres comme s'il avait regardé chaque spectateur droit dans les yeux et… la panique s'installa soudain en lui.

Quelle était cette musique ?

L'introduction de quelle chanson ?

Il avait beau chercher, c'était quoi ces notes inconnues ? La sueur se mit à couler de son front…

– *Lune verte !* souffla le chef d'orchestre en faisant recommencer l'intro : *Lune verte !*

Ah oui, comprit enfin Franck, cet imbécile pourrait quand même dire *Lune verte et soleil bleu !* Comment m'y retrouver dans ce charabia ?

Et il commença à chanter.

À la fin du morceau, pourtant, il eut l'impression que les applaudissements étaient moins chaleureux. Erreur ou réalité ? Il avait prévu, à ce moment-là, de parler un peu, de dire qu'il était ravi de revenir en ce lieu où... en ce lieu qui... Mais, dès les premiers mots, il trébucha. Rien n'était clair dans sa tête. De plus, ses mâchoires se mettaient en marche difficilement, refusaient d'articuler et, surtout, ce qu'il avait l'intention de raconter lui échappait complètement.

Le chef d'orchestre tenta de le sauver en entamant vite la quatrième chanson. Franck rata la mesure d'entrée et partit à contre temps. Il continua malgré tout mais peu à peu se sentit bizarrement happé par une sorte de typhon dévastateur :

L'orchestre jouait de plus en plus faux. Musiques et textes se mélangeaient au hasard. Son micro à main tombait par terre. Les choristes ne chantaient pas en mesure. Le plancher vacillait, les murs se gondolaient, le plafond bourré de projecteurs s'abaissait pour tenter de l'écraser. « Incroyable, ressassait Franck, l'Olympia, autrefois un endroit si bien entretenu : des murs qui bougent, des micros qui tombent ! Quelle époque ! »

Ne pouvant plus s'accrocher à rien, ne pouvant plus compter sur personne, il oublia plusieurs fois ses textes, fit d'autres erreurs de mesures, se trompa dans l'ordre des chansons. Le tout d'une voix peu juste, sans conviction aucune et avec une grande difficulté à se tenir droit.

Les spectateurs étaient aussi mal à l'aise que lui. Isabelle allait d'un journaliste à l'autre pour expliquer que Franck Villemin était malade, fallait comprendre et, surtout, éviter de faire un article trop mauvais. « On remettra ça une prochaine fois, quand il sera guéri ». Les journalistes comprenaient. Étaient pas des sauvages. Néanmoins, seraient bien obligés d'écrire quelque chose. L'un deux demanda ironiquement : « Qu'est-ce qu'il a exactement comme maladie ? »

Isabelle s'abstint de répondre.

Après le neuvième titre, Clémentine demanda au régisseur d'arrêter le spectacle. On ne pouvait pas aller jusqu'à vingt. Franck n'en pouvait plus : agrippé à son micro comme à un poteau, il titubait.

À la sortie de scène, Jean-Hugues et sa sœur le prirent chacun par un bras pour le ramener à sa loge.

Le music-hall, alors, se mit à ressembler à un navire qui sombre : « Tous dans les canots de sauvetage, les professionnels d'abord » !

Georges, Isabelle et Béranger firent savoir, par un machiniste, qu'ils avaient un rendez-vous urgent : pouvaient pas rester ; techniciens et musiciens partirent sans dire au revoir ; comme le régisseur ; comme l'ingénieur du son. Aucun fan ne vint saluer l'artiste.

La peste s'était abattue sur Paris.

Ne faisant qu'un seul pestiféré.

Surtout ne pas l'approcher.

Clémentine et JHV raccompagnèrent leur père chez lui. En arrivant, il demanda, avec beaucoup de difficultés, qu'on le laisse seul. Sa fille refusa. Jean-Hugues, lui, se rendit compte soudain que l'envie tenace de dire merde à son père venait de disparaître.

– Qu'est-ce que tu veux faire, pa ? demanda-t-il, inquiet.

– Boire.

Le garçon, stupéfait, regarda sa sœur.

– Laisse-nous, Jean-Hugues, ça vaut mieux.

– Non, dit son frère.

Clémentine, surprise, le dévisagea mais s'abstint d'insister. Ce n'était pas le moment de se lancer dans des batailles annexes. Elle ajouta, à l'intention de son père qui avait de plus en plus de mal à se tenir debout :

– T'inquiète, on reste mais tu pourras boire.

33

Franck Villemin passa plusieurs jours enfermé dans son appartement. Sans être ni malade, ni fatigué, ni triste. Avec sa fille tournant sans arrêt autour de lui.

Elle ne le quittait pas, celle-là !

Présente jour et nuit !

Exaspérante en permanence !

Jean-Hugues était parti au bout de douze heures, convaincu de son inutilité, mais elle, pas moyen.

Le premier jour, il avait essayé de la renvoyer en parlementant : peine perdue ; en se mettant en colère : rien à faire ; en l'ignorant totalement : sans résultat. Joyeuse aux yeux rouges, dynamique à la démarche hésitante, bavarde à court de mots, elle le suivait comme un toutou : à la cuisine, dans sa chambre, sur le balcon. Même quand il allait aux toilettes, elle passait et repassait devant la porte en demandant avec une approximative désinvolture « Ça va, papa ? » Il répondait chaque fois « Ça va, merci. »

Le deuxième jour, Clémentine était épuisée.

Quarante-huit heures sans dormir.

À ne pas parler vraiment.

À vivre face à un mur.

Comment lui faire comprendre qu'elle ne le quittera pas un instant tant qu'il sera en danger de lui-même ? Qu'au besoin elle l'attachera pour pouvoir dormir, le nourrira à la petite cuillère, demandera de l'aide aux médecins, à la police, aux voisins.

Mais il était là, l'intermittent du bonheur, calme, serein, presque souriant, ne prononçant que des phrases d'attardé : « Oui, oui, super. » « Et toi, la forme ? »

Elle lui aurait foutu des claques !

Troisième jour sans dormir.

Elle avait débranché le téléphone fixe, coupé son propre portable et caché celui de son père. Elle n'aurait pu dire un mot à qui que ce soit. N'aurait pu écouter ni gentillesses, ni méchancetés ; ni marques d'intérêt, ni marques d'indifférence ; ni la bêtise et encore moins l'intelligence.

Qu'ils crèvent tous !

Sauf Béranger.

Quand son père dormait à coups de somnifères, elle appelait son ami et lui parlait à voix basse pendant des heures. C'était son seul lien avec l'extérieur. Sa seule façon de redescendre sur terre. Parfois elle disait brusquement :

– Excuse-moi un instant, je l'ai entendu bouger.

Elle abandonnait l'appareil, fonçait ouvrir sans bruit la porte de la chambre paternelle, regardait avec inquiétude. Pas de problème : il s'était juste retourné. Elle revenait vite à sa conversation.

Souvent elle s'interrogeait : pourquoi Béranger, pourquoi celui-là ? Un soir, perturbée, elle s'était laissée aller jusqu'à lui demander : « Est-ce que tu crois que je t'aime ? » Il avait répondu, avec gravité, que c'était à elle de le savoir, mais que le fait de se poser la question ne pouvait qu'être un bon signe ; sans compter que, de toute façon, à son avis, elle était faite pour l'amour comme les chats pour ronronner. La fille, une fois de plus, avait pensé que, décidément, cet homme se montrait positif quelles que soient les circonstances : même quand elle disait des âneries, même quand il était fâché, même quand elle boudait et même quand elle affirmait, avec une mauvaise foi stupide, que ses délicieuses salades de tomates était immangeables.

Ensuite, ils avaient bavardé pendant une bonne heure sans jamais aborder de sujets importants. Uniquement du léger. Des histoires d'arbres, de soleil, de promenades ; des souvenirs de restaurants, de films, de théâtres ; des projets où il n'était question que de vacances pleines de neige islandaise et de grogs bouillants. Rien que des mots qui s'envolent, qui font sourire, qu'on oublie à peine prononcés et qui, pourtant, laissent dans la mémoire une trace qui ne s'en ira plus. Puis elle avait pris des excitants pour ne pas dormir et s'était pelotonnée sur un fauteuil face à la chambre de son père. Au moindre bruit elle pourrait intervenir.

Le quatrième jour avait traîné comme les précédents. Père et fille se tournaient autour. N'avaient jamais si peu parlé. Chacun redoutant l'autre. Chacun estimant que cette situation ne pouvait plus durer.

Clémentine, pour tuer ces heures interminables, pensait sans arrêt à Béranger. Elle revoyait leurs rencontres, entendait leurs phrases. Il y a un mois, par exemple, quand la vie était encore relativement belle, Béranger lui avait dit :

– Est-ce que t'es au courant ? Tu as des yeux d'une couleur peu courante. Une sorte de cocktail. Moi, je les vois gris-bleus-verts.

– Tu dis n'importe quoi, j'ai les yeux bleus, c'est tout.

Elle avait néanmoins été sidérée. Alors il voyait ça aussi, cette espèce de faux lourdingue ! Fallait se méfier d'un tel bonhomme. Ça se croit vite tout permis, ça se croit vite indispensable. Ça vous accapare, vous vampirise, vous squatte et, pour terminer, ça vous prend pour sa propriété privée.

Ça, c'est ce qu'elle pensait il y a un mois.

Le cinquième jour, au matin, Clémentine, toujours écroulée dans son fauteuil, s'aperçut soudain que son père était devant elle et l'observait. Elle s'était endormie et ne l'avait pas entendu se lever.

– Ouf ! Tu te décides enfin à sourire, dit-il.

– Je souris, moi ?

Il n'insista pas mais, après l'avoir contemplée longuement, dit soudain :

– Tu comptes m'espionner encore longtemps ?

La question la surprit tellement qu'elle ne trouva rien à répondre. Il la fit alors sortir du fauteuil, la prit dans ses bras et murmura à son oreille comme il faisait autrefois :

– Voici ce que je te propose : nous partons tout de suite pour la Maison-Pommes. On ne va pas rester des années dans cet appartement comme dans une prison. Qu'en penses-tu ?

Ce qu'elle en pensait ? Un poids lui tombait de la poitrine, une boule sortait de sa gorge. Il voulait aller à en Normandie ! Donc, papa allait mieux, papa enfin remontait la pente ! Le ramener à la vie dans cette maison qui sentait la pomme serait un jeu de bébé.

– D'accord, dit-elle, mille fois d'accord. On se prépare et on fonce !

Dès qu'il s'éloigna pour faire sa valise, Clémentine sauta sur son portable et appela Béranger pour lui communiquer la nouvelle : son père voulait aller en

Normandie ! C'était forcément bon signe puisque, hier encore, il ne voulait rien faire du tout.

Son ami fit remarquer qu'entre ne rien faire à Paris et se reposer en Normandie, la différence était mince.

– Tu es vraiment un homme, dit-elle. Tu ne comprends rien, tu ne sens rien, tu n'imagines rien, tu es aussi subtil qu'une pompe à essence.

La pompe à essence, ravie de l'entendre plaisanter à nouveau, l'informa que, malgré son QI rudimentaire, une idée formidable venait de lui traverser l'esprit : sa voiture étant en panne, les Villemin pourraient peut-être l'emmener avec eux ?

– Tu sais bien que, là-bas, on ne dort pas avec la demoiselle et on ne la touche pas non plus.

– Je te regarderai de loin, c'est tout. Au fait, j'ai une autre idée : si tu te décidais à t'occuper un peu moins de ton père et un peu plus de toi ?

Elle raccrocha rageusement.

Mais qu'est-ce qu'ils avaient tous à lui dire la même chose ? TOUS ! S'ils la trouvaient désagréable, n'avaient qu'à se barrer ! N'avaient qu'à coucher avec une autre ! Si ça lui plaisait, à elle, de s'occuper de son papa ! Des hommes comme lui, y'en avait pas deux au monde !

34

Franck Villemin conduisait et, pour une fois, calmement. Pire : en respectant le code ! Pas question d'avoir un accident aujourd'hui. En fait, ce calme, il en avait besoin pour réfléchir.

Profondément.

À part ces cinq dernières années, sa vie avait été merveilleusement belle. C'était donc une existence bien remplie. D'autant plus qu'il avait toujours eu conscience de n'exister que par rapport à son métier. Que peut-il y avoir de plus enivrant qu'un lieu où des milliers de personnes chantent avec vous, rient avec vous, pleurent avec vous et finissent par vous acclamer pendant de voluptueuses minutes ?

S'il persévérait dans le showbiz, il en arriverait où ? À chanter dans des salles de plus en plus petites, devant de moins en moins de spectateurs ? Quand on a été une étoile peut-on se contenter de devenir une bougie pour gâteau d'anniversaire ?

En fait, il avait toujours été profondément superficiel. Avec un goût immodéré pour les projecteurs, la musique et les couleurs violentes ; pour le clinquant du music-hall, quoi. On pouvait même dire qu'il n'était rien sans son armure de paillettes. Ces minuscules lamelles de strass l'avaient toujours protégé de la banalité du quotidien et il les sentait, maintenant, tomber une à une, comme les écailles colorées d'un poisson exotique. Comment vivre sans elles ? Tout est si facile caché derrière ce costume de lumière, c'est un monde où il n'est pas nécessaire d'exister, il suffit de paraître.

Mais l'oiseau-soleil… Hors de question de ne pas le prévenir. Et, surtout, comment lui expliquer que, malgré ma décision, je l'aime ?

La Maison-Pommes, fenêtres et portes fermées, somnolait béatement au soleil. Le père et la fille, arrivés vers midi, étaient restés à l'extérieur. Ils n'avaient pas été saluer les Dumontier, se contentant d'aller regarder la mare aux nénuphars, de dire bonjour aux grenouilles, d'arracher les mauvaises herbes. Sans vraiment parler. Sans vraiment se taire. Parfois la conversation s'amorçait pour retomber aussitôt. De temps en temps, l'un commençait une phrase et ne la finissait pas. L'autre ne demandait pas la suite.

– Faut que je te dise quelque chose de compliqué, fit soudain Franck.

Clémentine s'arrêta net de respirer. S'arrêta net de bouger. Ils étaient dans la cour, devant la souche de son enfance, et elle savait ce qu'il allait dire.

Elle le savait depuis l'Olympia.

– Écoute-moi et ne fais aucun commentaire, ce serait inutile : j'ai décidé de mourir et je refuse que ce soit une surprise pour toi. Je pense que tu vas comprendre : je ne sais pas vivre dans l'ombre. C'est peut-être puéril mais c'est ainsi. J'ai mis mes affaires en ordre depuis longtemps, Jean-Hugues et toi serez à l'abri du besoin. J'ai fait une lettre pour lui que tu lui remettras.

Elle se sentait incapable d'articuler le moindre mot. Incapable de penser.

Il contempla un moment sa silencieuse avant de demander tendrement :

– Ça va ?

Elle était épuisée. On ne peut pas empêcher les vagues d'aller se fracasser sur la falaise. Elle savait qu'il n'y avait plus rien à dire. Chaque mot destiné à le faire changer d'avis n'aurait été qu'un mot sans élégance.

– Tu as toujours eu raison, dit-elle dans un souffle.

Franck, rassuré, enchaîna à voix basse :

– Maintenant, tu vas partir avec la voiture, de cette façon personne ne saura que je suis ici. Un visiteur imprévu pourrait être gênant.

Elle n'écoutait plus. Elle voyageait dans un temps où celui qui parlait en ce moment était magicien. Il la mettait sur ses épaules sans la cogner aux poutres, la serrait contre lui sans l'étouffer, la faisait sauter sur ses genoux sans la flanquer par terre. Et il avait le pouvoir de faire des trucs impossibles comme boire au goulot sans se mettre du jus de pommes partout. S'il avait voulu, le magicien aurait parlé aux grenouilles et, c'est sûr, elles lui auraient répondu.

– Tu m'écoutes ? dit Franck.

– Non.

Ils étaient face à face, à un mètre l'un de l'autre et, pour la première fois de leur vie, savaient qu'ils ne pouvaient plus se toucher.

– Ce n'est rien de mourir, tu sais, fit doucement son père, et je ne meurs pas désespéré, je m'en vais calmement. J'aimerais que tu essaies de ne pas être triste, juste un peu mélancolique, pas plus. Si tu peux.

Elle osa le regarder et dit d'une voix blanche :

– J'essaierai.

Un silence s'installa alors. Puis Franck Villemin alla vers la maison, en regardant droit devant lui, comme si leurs yeux, eux non plus, n'auraient pu supporter de se rencontrer. Il franchit l'entrée principale sans se retourner et ferma la porte en donnant plusieurs tours de clef.

*

Lorsque Béranger arriva – en taxi – depuis une heure déjà, Clémentine se tenait à côté de la souche.

Debout.

Immobile.

Tétanisée.

Tout en payant le chauffeur – qui repartit vite, effrayé par cette statue de chair – Béranger la contempla, inquiet, puis s'approcha pour s'arrêter à cinquante centimètres d'elle, distance réglementaire en cet endroit de non-liberté où il n'avait pas le droit de la toucher. Après un instant, il demanda : « Il va bien ? »

– Lui, oui.

Au son de la voix cassée, presque inaudible, Béranger comprit ce qui se passait. Il regarda la Maison-Pommes, fit quelques pas vers la porte, s'arrêta, revint vers Clémentine, puis l'enveloppant de ses bras, la câlina comme on câline une enfant et se dit qu'après une période difficile la fille aux yeux gris-bleus-verts allait enfin pouvoir vivre dans un monde sans père.

L'Harmattan Italia
Via Degli Artisti 15; 10124 Torino
harmattan.italia@gmail.com

L'Harmattan Hongrie
Könyvesbolt ; Kossuth L. u. 14-16
1053 Budapest

L'Harmattan Kinshasa
185, avenue Nyangwe
Commune de Lingwala
Kinshasa, R.D. Congo
(00243) 998697603 ou (00243) 999229662

L'Harmattan Congo
67, av. E. P. Lumumba
Bât. – Congo Pharmacie (Bib. Nat.)
BP2874 Brazzaville
harmattan.congo@yahoo.fr

L'Harmattan Guinée
Almamya Rue KA 028, en face
du restaurant Le Cèdre
OKB agency BP 3470 Conakry
(00224) 657 20 85 08 / 664 28 91 96
harmattanguinee@yahoo.fr

L'Harmattan Mali
Rue 73, Porte 536, Niamakoro,
Cité Unicef, Bamako
Tél. 00 (223) 20205724 / +(223) 76378082
poudiougopaul@yahoo.fr
pp.harmattan@gmail.com

L'Harmattan Cameroun
BP 11486
Face à la SNI, immeuble Don Bosco
Yaoundé
(00237) 99 76 61 66
harmattancam@yahoo.fr

L'Harmattan Côte d'Ivoire
Résidence Karl / cité des arts
Abidjan-Cocody 03 BP 1588 Abidjan 03
(00225) 05 77 87 31
etien_nda@yahoo.fr

L'Harmattan Burkina
Penou Achille Some
Ouagadougou
(+226) 70 26 88 27

L'Harmattan Sénégal
10 VDN en face Mermoz, après le pont de Fann
BP 45034 Dakar Fann
33 825 98 58 / 33 860 9858
senharmattan@gmail.com / senlibraire@gmail.com
www.harmattansenegal.com

L'Harmattan Bénin
ISOR-BENIN
01 BP 359 COTONOU-RP
Quartier Gbèdjromèdé,
Rue Agbélenco, Lot 1247 I
Tél : 00 229 21 32 53 79
christian_dablaka123@yahoo.fr

Achevé d'imprimer par Corlet Numérique - 14110 Condé-sur-Noireau
N° d'Imprimeur : 133516 - Dépôt légal : novembre 2016 - *Imprimé en France*